大宋再大，

也只是宋词的一部分。

人间宋词

李亚伟／著

時代文藝出版社

图书在版编目（CIP）数据

人间宋词 / 李亚伟著. -- 长春 : 时代文艺出版社, 2018.6

ISBN 978-7-5387-5621-0

Ⅰ. ①人… Ⅱ. ①李… Ⅲ. ①宋词 – 诗歌欣赏 Ⅳ. ①I207.23

中国版本图书馆CIP数据核字（2017）第304988号

出 品 人 陈 琛
产品总监 郭力家
责任编辑 聂文聪
项目策划 紫图图书ZITO®
监　　制 黄 利 万 夏
特约编辑 马 松 宣佳丽 路思维 李美龄
装帧设计 紫图图书ZITO®

人间宋词
李亚伟 / 著

出版发行：时代文艺出版社
地址：长春市泰来街1825号 时代文艺出版社 邮编：130011
总编办：0431—86012927 发行部：0431—86012957 北京开发部：010—63108163
官方微博：weibo.com/tlapress 天猫旗舰店：sdwycbsgf.tmall.com
印刷：天津中印联印务有限公司
开本：880毫米×1230毫米 1 / 32 字数：130千字 印张：8.5
版次：2018年6月第1版 印次：2018年6月第1次印刷 定价：49.90元

Preface

前言

大宋再大，也只是宋词的一部分

公元 1045 年（大宋庆历五年），京官欧阳修被贬到安徽滁州做知州。他到任后不久，就喝到了当地人用高粱和大米酿出的一种美酒，这酒号称“名冠淮南为甲”，很好喝。但欧阳修来到异地他乡，酒量一下子变小了，他经常喝醉。这一年，才三十八岁，他就给自己取了个“醉翁”的外号，并在自己建造的亭子里写下了《醉翁亭记》。

不久，他的老大哥范仲淹也写了一篇《岳阳楼记》，仿佛彼此呼应，范仲淹也被贬了，在文章里，他说要“先天下之忧而忧，后天下之乐而乐”，语气还是那么壮阔、强势，文字还是那么激烈、多忧，不像欧阳修心气平和。欧阳修说自己是“醉翁之意不在酒，在乎山水之间”，还说是“其乐无穷”。

他真的很洒脱吗？是的，除了正在筹划扩建滁州城这一重大工程之外，欧阳修心里还有一件更重要的事情，这件大事在欧阳修心里已经相当有谱了，每天喝小酒时他都在反复思考自己这些年的阅读和写作——他已经悟到了真谛：他要为他那个时代的文化寻找一条宽阔的大道，天已降大任于斯人也！

在大宋首都汴京，柳永仍在埋头工作，每天都在创作和修改新词，在民间新声这一块做深度挖掘，他已经两鬓斑白，快六十岁了。几十年来，他创作了大批慢词，和欧阳修一样，他的内心也有一个宏大的想法，他相信自己手里已经出现了足以傲世的作品，他的作品肩负重任，要推动新词向纵深发展。但他也深知创作是一系列精益求精的劳动，他过去的作品有一部分写得兴之所至，今后的乐工或歌姬们在演唱时会遇到困难。让他们临时发挥、自主处理？这太不应该了，那就是行话说的不靠谱！所以，柳永这几年开始硬撑着酒色过度的身子，专注于调整字词和音律的复杂关系，增减、挪移，是啊，不能损词也不能害音。柳永非常尊重音乐，更热爱自己的词句，有什么办法呢？人生七十古来稀，他的时间不多了，只得努力工作，甚至把赚钱糊口的事都放到一边去了。

当时，大宋诗坛分成两派，一派是官方派，一派是民间派。像晏殊、张先、范仲淹、欧阳修等官员们得传播之先，占据了诗词艺术的上风上水。虽然官员们互相吹捧也互相倾轧，但不管怎样，他们的美学标准不会轻易发放给民间，如同他们的权力和财富一样。柳永是他们里面掉落民间之人，深知这个道理。不能等着好事从天上掉下来，他心里也有一件大事要做：把那个封闭的文化小圈子打破，让伟大的新词摆脱阻碍，他要把最新最美的宋词交给市民。所以，他这些年的工作几乎是字字过心、句句伤肺，有喜悦，也有泪水。

那个年月，诗歌的伟大之美还藏在老祖宗们虚无缥缈的园子里，还藏在唐朝那些大诗人的飘飘大袖中，他们并没有交给历史，没有交给后面那几个轻率的朝代。如果说有一点点透露出来，也只是在欧阳修散文里和柳永笔下出现了一些似是而非的种子。是的，这些种子已经被种下，正在辽阔的大地上生根发芽，但开什么花结什么果谁都说不清楚，在这个问题上，欧阳修和柳永心里也没有具体的答案；他们已看见端倪，答案嘛，只能交给历史。

唐朝那些伟大的诗人，曾经从天上下来，在人间写下了无数壮丽绚烂的作品，如今他们已返回他们的星宿，在遥远的星河里凝视着宋朝。

其实，开花结果的时刻正一天天来临。但这一天，任何创业者都难以提前预知。

王安石、三苏等人已经出现，正在崭露头角，尤其年轻的苏轼，欧阳修希望的叙事、议论等风格都在他的词句里出现了。以至于欧阳修在《与梅圣俞书》中写道：读轼书，我不知不觉出了一身汗。快活啊快活，老夫要为他让路，放他早一天出人头地！苏轼在创作上一出手就远离了“艳词”的怀抱。他以文入词、以诗为词等实验创作基本上承接了欧阳修的诗文改革的全部愿望。

柳永开创了词的新格局，改造了语言和音乐的关系，在形式和体裁上打开了新的世界，但内容并没有重大突破。且由于他民间人士的身份，在主流文化圈子影响微弱，王安石、苏轼以士大夫面目出现，很快把词的地位提到了新的高度。尤其是后来苏轼对词的全面创新，打破了词为“艳科”、词为音乐附属品的旧格局；宋词，开始走进美轮美奂的霞光中。

但是，那个年月，柳永的“婉约”，当朝官员名士们嗤之以鼻，苏轼等人的“豪放”，社会上也曾不以为然。伟大的诗句在他们刚出现的那些日子，赞扬和批评往往都是无效的，这是一个历史规律。

1059年（大宋嘉祐四年）一个秋天的夜间，欧阳修在自家小院里喝夜酒，月亮皎洁，星河灿烂，四下里没有人声，但他却听见了来自西南方向的秋天的声音，并写下了《秋声赋》。

事物之凋零，岁月之易逝，让人深深感概，草木一春，人生一世，朝代更迭，沧海桑田。什么才是永恒的呢？“鬓华虽改心无改，试把金觥。旧曲重听，犹似当年醉里声。”他曾经指点江山，勘定指认了大宋的文脉；他曾经春风化雨，培养了大宋最优秀的一批人才。他已经五十二岁了，十五年前在滁州的心思，上天降于他的大任已出现端倪；时间会使伟大的新词成熟，也会使伟大的新词不朽。

他想给皇帝上一道辞呈，辞去朝中的职务；他想穿过记忆里那些温柔的村庄，去寻找那座心中回甜的小城，去一个宁静美丽的亭子里喝酒、弹琴、填词。

是啊，如果放眼远眺，透过人类历史的烟云，汴京再大，也只是大宋的一部分；大宋再大，也只是宋词的一部分。

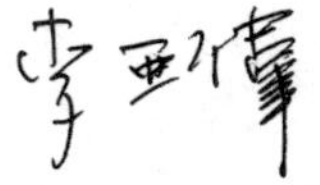

Contents

目录

浣溪沙

晏殊

宋朝的文化生活，
是成年人的智力游戏，
晏殊最具代表性。
在他和谐旷达的人生游戏之外，
是他平静收敛的诗歌人生。

无常之美："无可奈何花落去，似曾相识燕归来"

"富贵优游五十载，始终明哲保全身"

晏殊七岁时，就能写出漂亮的文章，在家乡江西抚州临川县早早地走了红，是有名的神童，十四岁那年朝廷大员张文节巡视江南，临川县令抓住这个机会将少年晏殊当成当地宝物推荐了上去。

按当时的规矩，进入这个人才推荐程序，晏殊由皇帝亲自考考提拔即可。但晏殊少年气盛，主动要求参加全国考生的统一考试。在同时与上千名举人进行殿试时，他发现试题是自己曾经练习过的，就又很二地举手说明情况，请求换别的试题。真宗皇帝一下觉得这孩子不可小觑，遂破格赐其进士出身，授官秘书省正字。

当时宋朝正按照宋太祖的国策治国，从而进入了中国历史上少有的太平盛世，政治环境宽松，对文官基本免死罪，甚至还鼓励官员享受生活。于是养小妾和流连歌楼酒肆成了官员们的生活常态。

晏殊刚参加工作，不会抓经济，手头拮据，因此没能参加干部们的郊外宴游和夜场 K 歌，没有银子呼朋唤友，就常缩在家里闭门读书。

皇帝好奇，打听晏殊的生活，听说他不爱娱乐，常关在家里读书写作，觉得这才像个干大事的，就召见他，要调他入东宫辅佐太子。他却很尴尬地告诉皇帝说，其实自己也很想玩，只是因为没钱。真宗皇帝想，这孩子原来这么诚实，产生了委以重任的想法。

接下来，晏殊在仕途上一帆风顺，宋朝几乎所有威风的官他都做遍了，还封临淄公，身前死后都煊赫到了极点，号称“太平宰相”。

话说晏殊富裕后，变得相当洒脱，天天在家开流水席，《尧山堂外记》里说他：“喜宾客，未尝一日不宴饮。”他家几乎每天都有人来喝酒，同时有演奏和吟诗作词等互动节目。

晏殊性格大方磊落、精通世事，历任要职期间，提拔有为青年无数，书载晏殊“喜称人善，奖掖人才”，说的是他喜欢表扬人、提拔人，后来成名的大人物如范仲淹、韩琦、欧阳修等，皆出其门。酒客弟子们也都拍马称赞晏殊“前辈风流，未之有比”。

其实，晏殊一生中庸平和，是个老滑头，堪称官场不倒翁。他最危险的一次官场失手，是因为朝中有两派死磕，改革派的苏舜钦等人被打倒，该派人士请晏殊出面去皇帝那儿为大伙儿解危。晏殊却坚持做中间派，被激怒了的改革派揭了晏殊一个老底：在那个非常著名的狸猫换太子的事件中，晏殊知道皇帝的生母是李氏，而皇帝本人则是在养母刘氏死后才知道自己的生母是李氏的。但晏殊在为李氏撰写墓志时，却没有写上她生育了当朝皇帝这么伟大的一件事，这显然是对皇帝亲生母亲的大不敬。

这帮改革愤青还上纲上线，扒晏殊的老皮，谴责他做官、为人首鼠两端，毫无责任心和正义感。这一招算是点了晏殊为官之道的死穴，晏殊因此被贬。

不过，晏殊虽一生受过三次贬官处分，但贬的地方却都不差，而且贬的官与原职落差很小。

宋代的党争干得挺狠，帮派团伙之间动不动就死掐。而司马光与王安石（王安石是晏殊老乡）的新旧党争，寇准和丁渭帮派的“互殴”，范仲淹（范仲淹为晏殊门生）和吕夷简等权力集团的对练，晏殊当时都身处其间。

在权力场的博弈中，晏殊基本上游刃有余，可见他不是一个简单的不倒翁。因为在宋朝，政治家的参政学问已经相当成熟了，晏殊可算是一颗硕果。在他死后，他的学生欧阳修为其撰写的墓志铭中也不得不写上“富贵优游五十载，始终明哲保全身”一句。

宋朝的文化生活，是成年人的智力游戏，晏殊最具代表性。在他立于不败的政治游戏之外，是他日日宴客的社交生活；在他敬上掖下的处世游戏之外，是他多妻多子的私人生活；在他和谐旷达的人生游戏之外，是他平静收敛的诗歌人生。

在这一切之外，是宋朝初期，在宋词的上游，显眼地站立着这位娴雅淡泊的宰相。

自古朱颜不再来，一回来，一回老

《浣溪沙》

一曲新词酒一杯，

去年天气旧亭台。

夕阳西下几时回？

无可奈何花落去，
似曾相识燕归来。
小园香径独徘徊。

浣溪沙，唐代教坊曲名，出自西施浣纱的若耶溪，故又名《浣沙溪》，后用为词调。沙，一作“纱”。

这首词之所以脍炙人口，传诵极广，我以为是晏殊在处理时间永恒而人生有限这个“诗歌经济适用”主题时，有两个高招，一是他沉稳的修为，使其获得了整体娴静的氛围，二是他在短短六句诗里干出了内容和形式均超级和谐的名句。这后一招尤其重要，一个诗人如果没写出让人深深记住的诗句，他就永远不是一个时代的好诗人。

好诗人往往可以几句定天下，一诗传千古。

一曲新词酒一杯，去年天气旧亭台。

一曲新歌，一杯美酒，去年阿，旧时光，老地方。

白居易在他的《长安道》里是这么写的：

浣溪沙

晏殊

花枝缺处青楼开，艳歌一曲酒一杯，
美人劝我急行乐，自古朱颜不再来。
君不见外州客，长安道，
一回来，一回老。

晏殊这首词的词意来自唐朝的白居易，且开篇就套用了老白的第二句。人家老白是“艳歌”，他是“新词”，压根就谈不上比别人强。

对酒当歌这一主题对于晏殊这一代诗人而言也是有着千来年历史了，谈不上新颖。但我们应考虑晏殊的个性和身份，他不会在开篇立意上选择出奇制胜，他的底蕴就是他的创作秘诀：博采众长。

亭台是饮酒听歌的娱乐场所，去年今日，故地旧景，晏殊似乎产生了人事全非的怀旧之感。在古人手下，怀旧与伤今是一对联袂来去的表兄妹。此句也化用了五代郑谷《和知己秋日伤怀》诗：“流水歌声共不回，去年天气旧池台。”晏词有的版本“亭台”也作“池台”。

夕阳西下几时回?

太阳落山，我念想着时光能否穿越?

旭日可以东升，但时光匆匆流逝，个人的生命绝不可以复返，那么，昔日与某位红颜饮酒咏歌的时光还能回来吗。盼它回来，却又知它不能，唯可抒情而已。

无可奈何花落去，似曾相识燕归来。

花儿们飘零远逝，没有一朵能留下，燕子们又飞回来，我好像认识其中一只。

此二句最有宋朝词作之风，技术上属对工切，却比汝窑还润和天成，声韵如传统中国文化一样和谐，可算是千年名对。作者还将此二句用于《示张寺丞王校勘》一诗，可见作者对这二句的喜爱。

上句作者看见了过去的日子随花朵一起离开，下句又看见旧日的情人变成燕子飞回来。年年岁岁花相似，岁岁年年人不同，熟悉的花朵、相似的归燕。人生离散，花去燕来，本只能是无可奈何，却又要说似曾相识，这就是太多情、太宋词的一个标志性玩法。

这里，我想起美国当代诗人肯尼斯·雷克斯罗斯（Kenneth Rexroth，垮掉派里面的小弟），他的中文名字叫作王红公，他对刘禹锡的名句“旧时王谢堂前燕，飞入寻常百姓家。”是这么译写的：“以前公爵府里的燕子，如今飞到了医生和伐木工家里。”

是的，东晋时王家和谢家的燕子有了具体的去处，晏宰相家的燕子或女人却不知去了何方。

小园香径独徘徊。

院子里花瓣引路，我独自寂寞游荡。

香径，落花散香的小径。再次出现“花枝缺处青楼开，艳歌一曲酒一杯”的影子，白居易的诗被晏殊弄成了为他的这首《浣溪沙》前后呼应的背景音乐，如果历史倒流，老白回来看见这首诗，真不知是何感受。所以，我认为读这首词时，心里一定要有白居易，否则如同童男处女谈恋爱，不解风情。

诗歌一直有着预言的功能，中国古代一直有着诗谶的说法。诗谶有多大可信度这里不讨论，我只是想借机在结束前引出晏殊的一点点私事，一鳞半爪，看看一个诗人敏感的内心。

晏殊以朝中要员的身份巡视洛阳时，在洛阳当官的弟子欧阳修请客娱乐，叫了一位青楼女子张采萍出来为大家唱歌助兴。老师晏殊当即一见如故，娶之为妾——张采萍成了晏殊的五姨太。

多年后，晏殊去世，晏殊正室夫人将众夫人解散，张采萍被遣回洛阳，飘零无踪。

后来，有一年晏殊的七公子晏几道去洛阳玩，在洛阳著名才子沈叔谦家中喝酒时看见了张采萍，两人很快发生了故事。

晏七是在他父亲在世时与张采萍勾搭上的，还是后来在洛阳沈家才和她好上的？不好坐实。但晏七是中国文学史上怀旧文学的大腕，他的很多作品中出现的那个叫萍的女人，却能肯定就是其父亲的五姨太张采萍。沈叔谦是聪明之人，他知道张采萍曾是晏七父亲的小老婆，也许是猜想或听说她与晏七曾经有过一些关系，加之自己和晏七成了酒友，于是说“采萍曾系晏家之人，而今重返晏家也”，将张采萍送给了晏七公子。

我一直假设在中国文学史中，魏晋是少年，唐朝是青年，宋朝是中年。如果说宋朝是中年，而情色和怀旧也许正是中年游戏的主要节目。宋词颓废而又腐败，很多次细读我都产生了强烈的尊唐贬宋之情，认为宋词没出息，总在脂粉里转圈。

但后来我明白了一个道理：人类伟大的文明不在乎我们一些细小的喜好和标准。在人类文明近几千年中，世界上就只有中国的唐宋和波斯、阿拉伯同一时期出过这么好的诗歌，人类历史上如此有规格的文明成果实际上就那么几次，我们应该重新认识并敬重人类那些不多的创造，热爱宋词吧！

醉垂鞭

张先

美女比做春天无甚新意，
只有一个“闲”字，是张先的发明，
这算是超级发明，
它表明了在万紫千红的主流色彩之外，
还有别样的神情、别样的风度和别样的美学。

多情不被多情误

心中事，眼中泪，意中人：云破月来花弄影

年轻时的张先，曾勾引过一个小尼姑。后来庵里的老尼姑发现了，把小尼姑关在一个池塘中心的阁楼上，不让这对干柴烈火再来往。但张先总会找机会在深夜划船前往，爬上小尼姑放下的梯子，翻墙进屋，天亮之前悄悄溜走。

后来，张先对这一段偷情经历煞是怀念，还写了一首叫作《一丛花令》的小词。此词用小尼姑的口吻，描写张先假想自己离开后，小尼姑独自相思和惆怅的情形，尤其

是结尾处着墨很用力。张先假设了小尼姑的悔恨：“沉恨细思，不如桃杏，犹解嫁东风”，此句成了中国怨妇文化中的一个名句。

但是，离开小尼姑以后的张先再没有回去重温过旧情。那一年的某一天，他突然觉得男人应该有出息、求发达，便参加科举考试去了。

但连小尼姑都勾引的男人，不管干什么去了，业余时间肯定仍然不停地干着招花引蝶、四处留情的蜜蜂活儿。北宋繁荣富裕，男人们的感情生活比较开放，情种们流行以风流自诩，用“绯闻”折腾知名度正是那会儿诗人们的拿手好戏。张先用这首《一丛花令》炒作自己非常成功，一时大红大紫，并且在文化界大受欢迎，成了北宋娱乐行业的偶像。

有一次，张先在玉仙观偶遇著名美女谢媚卿，一个是官场名人，一个是娱乐业的花魁，两个名人一见钟情，“目色相接”，快速完成了勾搭。事后，张先写《谢池春慢·玉仙观道中逢谢媚卿》记载了此事。

已经成名的欧阳修比张先小十七岁，听歌女们传唱这首词后，有些崇拜，到处托人想结识这位张郎中（张先时任尚书都官郎中）。一次，张先去拜访欧阳修，让欧阳修惊喜过望。当时，小欧阳倒穿着拖鞋，匆匆忙忙地奔出去见偶像，口里却也没忘来句幽默的欢迎辞："桃李嫁东风的郎中光临寒舍，快请上坐！"

这次主动出击拜访粉丝，张先又在北宋文坛折腾了一个"欧阳修倒履迎客"的佳话，并且，还赚得了一个"桃杏嫁东风郎中"的绰号。

张先最初以《行香子》词中的"心中事，眼中泪，意中人"之句，博得绰号"张三中"，为他在好色成风的北宋诗坛建立了成名的符号。后来，又根据自己诗中的著名句子起外号为"张三影"。一次，尚书宋祁上张先家找他，一到张府，干脆主动让门人传话："宋尚书有事要见'云破月来花弄影郎中"，大大方方地又送了张先一个风流外号。

张先是官场熟手，马上走出来，边走边给宋祁取外号："呵呵，'红杏枝头春意闹尚书'到了，得好好喝一喝啊。"（宋祁曾作一首《木兰花》，以"红杏枝头春意闹"一句，镇住过很多人，江湖人称"红杏尚书"。）

苏轼比张先小四十六岁，在任杭州通判时，张先已退休在家，两人忘年交，来往密切。一次，在西湖上游乐，突然一艘小船漂来，一位美貌少妇抱着古筝坐在船头，向他们打招呼，请求一见。老张先以为又来了艳遇，但此次他很是失望。因为美妇看着苏轼柔声说出了下面的话："我早就知道东坡先生的大名，一直仰慕得紧，可惜小女子嫁人太早，以为不会有缘分见到先生。今日听说您在湖上，我也不清楚什么是妇道了，想弹一曲筝给先生听，也想求先生赠送一首小词呢。”

苏轼很感动。张先也很感动。美女弹完古筝，苏轼作《江城子》赠送，张先还在一边帮着修改句子。

史料载，生性幽默的苏轼经常开张先的玩笑，从未毕恭毕敬地尊他为“老师”，而张先也是一个“为老不尊”的玩家，两人之间，实在是一对戏谑打趣的师徒。

张先词风含蓄雅致，言辞工巧，情韵讲究得一塌糊涂，但他在北宋中前期词坛的承启作用与价值被后来的学问家们所低估。是的，他有泡妞的品德问题，但是，他当时在北宋中前期的词坛，地位绝不亚于柳永。

古人的“闲”才是真“闲”，旧时的爱才是真爱

《醉垂鞭》

双蝶绣罗裙，

东池宴，初相见。

朱粉不深匀，闲花淡淡春。

细看诸处好，
人人道，柳腰身。
昨日乱山昏，来时衣上云。

张先是浙江湖州人，活了八十八岁，是中国最长寿的诗人之一。张先一生安享富贵，诗酒风流，为人“善戏谑，有风味”。

七十四岁时，张先以“尚书都官郎中”品级退休，悠游于杭州、湖州之间，仍经常与歌妓舞女唱和，情场魅力似乎越老越大，杭州的众多歌女还常常为他争风吃醋。张先八十岁时，家里还养着歌女搞享受，并娶了一个十八岁的小妾。他不以为耻，反以为荣，大开宴席，广宴宾朋。苏轼在婚宴上，大声问张老头快活不，张先赋诗：

我年八十卿十八，卿是红颜我白发。
与卿颠倒本同庚，只隔中间一花甲。

苏轼当即作诗调侃：

十八新娘八十郎，苍苍白发对红妆。

鸳鸯被里成双夜，一树梨花压海棠。

没想，“梨花海棠”成为“老夫少妻”的代名词，又多了一个千年名句。隔着一个花甲伸手去娶小美女，这才叫热爱生活。

张先八十五岁时，又娶一小妾，再次大开宴会。苏轼还是去了，并且再作诗一首打趣，表示佩服得不得了。谁敢不服呢？

醉垂鞭这个词牌最早见于张先，是不是他首创不得而知。全词双调四十二字，前后段各五句，三平韵、两仄韵。

双蝶绣罗裙，东池宴，初相见。

绣了一对蝴蝶的裙子飘过来，在东池的酒局，初次遇见这小妞。

首先写美女的穿着打扮，很符合好色男的心态——先被打扮搁平。可见以貌取人是自古以来异性相吸的第一秘密，而女性更为明白这一点，所以女人们历来视穿衣打扮为第一生存守则：不扮靓，不吃饭；不美丽，毋宁死。

东池是首次相会的地点，宴会则是相会的原因，从地点看，东池就是一个城市休闲娱乐的地方，和杭州西湖、北京后海、成都宽窄巷子差不多。在宋朝，良家妇女是不和外人去这些地方折腾的。所以，明摆着，这位美女是现在所说的娱乐从业人员。这首词的主题也就明显了，是宋朝最流行的主题——酒宴赠妓，这样的主题是宋朝最普通的爱情诗主题。

朱粉不深匀，闲花淡淡春。

脸上脂粉轻抹，一朵寂寞的花儿小小地描绘了春天。

喧闹的酒局上，摇曳着闲花一朵。我想，我的读者们少不了一些常泡娱乐场所的主儿，都知道陪酒的美女妹妹们在打扮上大抵有一个共同之处，那就是身上穿得少，脸上涂得多，这一少一多基本上是夜场揽客的主流推销手段，这样的人肉广告手法早在唐诗里面多有反映。但这位女子却硬是来了个淡妆，真的与众不同耶，我猜，这女子要么很自信，要么有较强的自我策划能力。

现在的娱乐场所姑娘们基本上看上去都像良家女子，

或穿牛仔服，或戴金丝眼镜，运作得相当成功，我不知道她们是不是这位宋朝美女的后代？总之，青出于蓝一定特别蓝。

把美女比作春天无甚新意，唐诗里很多，比如元稹就说浙江一位叫作刘采春的靓女是“鉴湖春色”。只有一个“闲”字，是张先的发明，这算是超级发明，它表明了在万紫千红的主流色彩之外，还有别样的神情、别样的风度和别样的美学，我们应该学习这位宋朝美女的商业美学，百花齐放中，咱们就是要搞一枝独秀！

细看诸处好，人人道，柳腰身。

仔细打量，每一处都到位，朋友们也惊叹她柳枝般的身材。

这里是一个暗藏的倒装句，人人都关注她身材的婀娜多姿，张先却认为她每一处都棒，强调自己真看上眼了。

将女人的腰和柳条相比，也是唐朝人的专利。温庭筠《杨柳枝》中有“宜春苑外最长条，闲袅春风伴舞腰”，白居易的“樱桃樊素口，杨柳小蛮腰”更是有名。

总之，从宋词中可以看出，宋朝诗人一直被唐朝诗人压得东倒西歪，隋唐诗人要是不发明词，宋朝人要是不在词上下功夫，那么成千上万宋朝人在唐代诗人的五言七言诗上往死里写，直写得自杀、发疯都难以扬名于后世。

昨日乱山昏，来时衣上云。

她昨天才从昏暗的群山中走来，衣裳上还带着山里的云雾呢。

她的气质风韵犹如翩翩飘飞而来的仙子，到我们这些凡人面前时，衣上还依稀沾着缕缕仙云。

古人在绫罗绸缎等高级面料上，常用绣、织、画等方法弄图案上去，这位女子的上衣显然是满幅云烟，从工作量上看，这部分应该是画上去的。她的服装有绣的有画的，很讲究。

山中的云来到了女子的衣服上，如同大自然画上去的。这时我们回望全词开头，先写了绣有成对蝴蝶的裙子，结尾一句才突然写衣服，这样的结尾，不是戛然而止，是轻轻停下，避免打扰闲花，让我们在浑然之中，进入了闲幻的美景，古人的休闲生活有品啊。

渔家傲

范仲淹

一个男人没完成任务，
一个将军没有为国立功，
他哪里有回去的理由呢？
没完成朝廷的任务就要回家，
是会脸红的哟。

“神仙一曲渔家傲”

将来再见也不晚

公元 1014 年，宋真宗率百官前往亳州朝拜太清宫，皇家车队路过河南商丘的那一天，整个商丘城沸腾了，市民们扶老携幼，倾巢而出。

商丘当时是北宋的南京，相当于现在的直辖市，城里有个应天府书院，又叫南都学舍，是宋代著名的四大书院之一，属于当时的名牌学府。空空荡荡的校园里，却有一个学生仍在继续学习，有同学跑去劝他：“同学，快走，咱们去看皇帝，千载难逢！”但这个看书的学生只随口说了句：“将来再见也不晚”。

这位学生就是范仲淹，第二年，他真的考中进士去了东京开封，在满目春花中吃到了御赐的宴席，见到了年近五十的真宗皇帝。

范仲淹生于989年，江苏吴县（今苏州境内）人，中了进士后在安徽广德一带做过司理参军（从九品），亳州一带做过集庆军节度推官（此官也可以说是幕僚），还在江苏东台做过盐官。当了近十年近似于科级的基层干部后，终于做上了江苏兴化县令，此时他已三十四岁，才刚娶妻。两年后，也就是三十六岁本命年那年，范仲淹生了一子，属晚婚晚育，同一年被调入汴京做了大理寺丞，仕途起步也显得稍晚，但这一年却是双喜临门。

1028年，经晏殊推荐，范仲淹荣升秘阁校理，他的办公室在京师宫城的崇文殿中。也就是说，实际上做了皇上的秘书。这个位子，是中国历代官员腾达的捷径，但也常常是倒霉的起点。

范仲淹到了皇帝面前，开始不断发光，但离皇帝太近，光发勤了容易升迁也容易惹人嫌，容易遭贬。

离乡远，人渐老，就吟《渔家傲》

范仲淹仿佛是古代官员中最经得起折腾的人，一生升贬不断，他的官阶忽上忽下，但总的是一条向上的曲线：言官、通判、知州、知府、天章阁待制、龙图阁直学士，最高做到了副宰相（参知政事）。

1038 年，党项族首领元昊突然在西北塞外自称皇帝，建立西夏国，并调集十万军马，侵袭宋朝延州（今陕西延安附近）等地。

大宋军队在边境上的表现很是狼狈。仁宗派夏竦去做陕西前线主帅，又采纳当时副帅韩琦的意见，调范仲淹作另一副帅。五十岁的范仲淹成为大宋军的副总指挥。

1041 年正月，主张攻击的韩琦率领宋军主力在西夏境内六盘山麓遇伏被围歼，任福等十六名将领英勇阵亡，士卒惨死一万余人。韩琦大败而返。而坚决主张以守为攻的范仲淹在宋夏交战的西线地带，构筑堡寨，立起一道坚固的屏障，取得了战略上的成功。

他的建筑代表作便是楔入宋夏夹界间那座著名的孤城——大顺城。

当时边地民谣曰："军中有一范，西夏闻之惊破胆。"看来，范仲淹的确是一猛人。

几年征战，夏去秋来，范仲淹已过了五十四岁，常披着满头白发，在城楼里喝酒，老家江南一带的风景常常出现在酒意迷蒙之中。当他望见南飞的大雁，心中的感慨难以形容，以至于深夜失眠时，也想哼哼两句内地那些朋友们男欢女爱的靡靡之音，但怎么也不过瘾。他便挑灯填起《渔家傲》来。

在韩琦、范仲淹等人苦心经营下，边境局势大为改观。大宋虽不能平西夏，党项人也无力南下。1044 年双方正式达成和议，重新恢复了和平，大宋西北局势得以转危为安，这对于已几十年未打过仗并且铁了心要走自保维稳国策的大宋政府来说，算是好结局了。

戍边的人到底有多悲凉：“浊酒一杯家万里，燕然未勒归无计”

《渔家傲》

塞下秋来风景异，衡阳雁去无留意。

四面边声连角起。

千嶂里，长烟落日孤城闭。

浊酒一杯家万里，燕然未勒归无计。
羌管悠悠霜满地。
人不寐，将军白发征夫泪。

有一年，在北京望京著名的美食家黄珂家里的流水席上，我碰到了在德国讲文学的教授、诗人张枣，他建议在座的烹饪爱好者开一家卖河鲜的酒馆，店名他都取好了，叫渔家傲。

没人去开酒馆，我却酒后回家顺手拿起《宋词》，重读了范仲淹的《渔家傲》，方知很多书上都说范仲淹有以“塞下秋来”四字开头的《渔家傲》系列，但仅存此篇。而且知道了这一词调名始自晏殊（晏殊是范仲淹的朋友和同代诗人），晏词有“神仙一曲渔家傲”句。

渔家傲是这首词的调名。有些版本还有“秋思”二字的标题。

塞下秋来风景异。

边塞入秋，景象奇异。

在范仲淹心中，差不多把身边的风景和他记忆中内地的风景做了比较。塞，原为边境上的紧要之地，多数时候用作对中原北方边境线的模糊称谓，塞之上下，指边境内外；塞下，相当于后来所谓的关内。

汉乐府有《入塞曲》《出塞曲》，唐代有《塞上曲》《塞下曲》。这里泛指作者驻守的西北一带北宋、西夏之间的边疆。

衡阳雁去无留意。

大雁一心只想飞向衡阳，一点都不留念此地。

湖南衡阳旧城南有回雁峰，古人相信大雁至此不再南飞。所以，“雁不过衡阳”“衡阳雁断”等一直是古诗词里一个重磅意象，这个意象曾让千千万万中国人在离别、思念等现实中过足了虚幻之瘾。翘首踮足思念家乡的游子、东倒西歪想起旧友的酒客、空虚无聊得一塌糊涂的怨妇，都是这一意象折腾的内部人选。

“衡阳雁去”，应是“雁去衡阳”的倒转句。倒转，是为了和律。

不是吗？为了美，咱们多少事情都敢颠倒。为了美，冬天露大腿；为了帅，光膀子打领带、只喝酒不吃菜，玩语法也是这个套路。

四面边声连角起。

游牧世界的动静伴随军营的号声从远处传来。

这里用了一个典故，汉代远征匈奴的李陵在给苏武的回信中说："侧耳远听，胡笳互动，牧马悲鸣，吟啸成群，边声四起。"畜牧社会的声音来自"四面"，形成一个让人非听不可的听觉上的整体世界，又被有强烈战争色彩的雄壮的号角声穿透。很显然，悲凉的景色中，作者给我们弄来了壮阔的意境。写到这里，诗中的主人应该出现了，范仲淹是不是要展示一下自己了？

千嶂里，长烟落日孤城闭。

群峦叠嶂，黑烟高飘，红日西沉，城堡孤耸，城门紧闭。

这里借用了两个前人的东西：王之涣《凉州词》"一片孤城万仞山"及王维诗句"大漠孤烟直，长河落日圆"。

“千嶂里”比“万仞山”要弱，“长烟”也绝对赶不上“孤烟直”，作者在这里有点知识分子气，前贤的身影在心中太重，独创的劲头就有点欠佳，幸好“孤城”之后来了个“闭”字，才算没掉链子。可见，写诗时模仿和借用前人佳句多数时候是费力不讨好的。

但其实，作者自有其高明之处，“长”字整合了我们的视觉，延伸了边塞的宽阔感，“落”和“孤”整合了我们的感受，来了一把荒凉；接下去的“孤城闭”，使画面美丽而又危险，至少你会感到当时边境的生态艰危和局势的紧张。

写词挪用前人佳句，也是用典，在宋代最流行，但在我个人的评判里，大都不是好玩的。范先生用一“闭”字压住结尾，成了！不但算得上名句，还可和他的前辈们的“偶像句”并驾齐驱。

写了一半作者还没出现，范仲淹没有展示自己。他用远景中紧闭的城门把我们关在了诗外。不过，他现在已经告诉了我们，他就在你远眺的那座孤城里。

这是上半阕，从听觉、视觉两方面，短短几句写足了1043 年中国北疆战场的秋天景象。

浊酒一杯家万里。

酒在杯中，家在远方。

“一杯”和“万里”，小数字和大数字对应是诗人们惯用的把戏。“一杯”秀的是寂寞程度，范仲淹岂是只喝一杯酒的男人，“万里”则实打实品的是乡愁的绵长，而不是说返乡路程太远、车票贵、转站换乘不方便，这些不是难以回去的原因。

燕然未勒归无计。

勒石记功啊，我不能归去。

他又用了一个典故来讲原因：东汉的大将军窦宪奉命击匈奴，得胜后在燕然山整了块大石头，往上刻了：我窦宪和某某某某兄弟们搞垮了哪个单于、弄翻了哪支敌旅、踏平了哪座敌营等等，这叫勒石记功。这就是范仲淹想回家过小日子而又不能回去的大原因。

一个男人没完成任务，一个将军没有为国立功，他哪里有回去的理由呢？没完成朝廷的任务就要回家，是会脸红的哟。

我相信，这个喝酒的人物就是范仲淹本人了，在词的这个位置出现，作为宋军独自负责一方防务的军头，在浓郁的思乡情绪中表达了他的责任感。

羌管悠悠霜满地。

羌笛在倾诉，白雪覆盖了大地。

李益的诗《夜上受降城闻笛》:“回乐峰前沙似雪，受降城外月如霜。不知何处吹芦管，一夜征人尽望乡。”此处也用了典故，但手法变了，前面是挪用，此处叫套用，也就是化用其意。

人不寐，将军白发征夫泪。

失眠之夜，将军白了头，士兵流着泪。

范仲淹喝着老酒，拿边防情景当下酒菜，越喝越深沉，时间已由黄昏进入深夜。他想起，这会儿一些人仍然没睡，将军们年纪大些，修养高些，责任重些，头发白了也要熬着，而底层的征夫们则克制不住自己，放开怀了想家，正哗啦啦哭鼻子呢。

下半阕满打满地抒够了情，抒得很爽。

在宋代，像范仲淹这样级别的人写了不错的小词，往往会被配上乐在上流社会和宫里传唱的。写守边的严酷、悲凉和思乡等是不会惹老大们不满的，因为都知道那是唐诗以来的诗歌传统。

大宋的皇帝不会追究格调低，但他听了艺妓们的演唱也不会太在意那些低档次的征夫们。只有大宋内地那些成天吟风弄月的青年才俊们听了之后，会有人震撼两下子，震撼完了，多半又继续在韵脚里搞腐败去了。

蝶恋花

欧阳修

官越大，诗越抒情，
却将怨恨悲苦、孤独伤感的内心
藏入了艳丽的辞藻之中。

官瘾难过，闺怨当歌

所谓高人，既能在庙堂上做大官，也能在山水间写美文

建功立业，是儒士气质。高卧隐居，是道家风范。欧阳修在做官、写作、生活等方面，摊开两手，便二者兼得。

但他仍然会很警惕地自我批评："满招损，谦受益""忧劳可以兴国，逸豫可以亡身"；有时却又很高傲地自我显摆："文章太守，挥毫万字，一饮千钟"。他把中国古代谦虚和高傲这两种最高端的两面派功夫熔于一炉，在庙堂上做着大官，在山水间写着美文，堂而皇之地演绎了东方文化中的高人形象。

蝶恋花
欧阳修

欧阳修（1007—1072年），字永叔，号醉翁，生于四川绵阳，四岁丧父，之后被叔父领去湖北随州生活并在那里长大，六十五岁那年去世于安徽阜阳。欧阳修祖父、父亲都是吉州永丰（今属江西）人，所以欧阳修自称庐陵人，因为吉州原属庐陵郡。

很多名人的童年都有神奇的传说，欧阳修的童年传说算是比较普通的了：他小时候在随州生活和学习，家里比较穷困，母亲郑氏用芦苇秆当笔，在地上教他识字。他常从城南李家借书抄读，往往在抄写的过程中，就已经能够背下来了。他少年时写的诗赋文章，文笔很老练，他的叔父由此看到了这家伙可能是个学霸，是家族振兴的希望。叔父曾对欧阳修的母亲说：嫂子你不用因为家贫子幼而烦心，这是个小天才！他不但能光宗耀祖，迟早还会成为大人物。

十岁时，欧阳修从李家弄到了唐朝韩愈的书——《昌黎先生文集》六卷，算是少年读到了奇书，这为日后他发起北宋诗文革新运动、最终进入唐宋八大家序列播下了神奇的种子。

欧阳修可谓一生官场得志，他二十三岁就中了进士，二十四岁任西京（今洛阳）留守推官，与梅尧臣、尹洙成了好哥们，二十七岁就调进了中央政府部门，授任宣德郎，充馆阁校勘。三十岁那年，恰逢范仲淹因上章批评时政，被贬饶州，欧阳修站出来替范仲淹声辩，被降级为夷陵（今湖北宜昌）县令。三年后欧阳修被召回汴京，恢复了原来的职别。

又三年后，范仲淹、韩琦、富弼等人掌权当政，推行"庆历新政"，欧阳修得以进入改革派体系，并提出了改革吏治、军事、贡举法等改革策划方案。又两年后，范、韩、富等几棵大树又因政治旋风倒台，统统被贬，欧阳修也被贬为安徽滁州太守。不过，此时的欧阳修已在北宋的政府官员体制中稳住了阵脚，遭贬已经不能影响他按部就班地升迁级别。以后，他知过扬州、颍州、应天府。1054年，欧阳修奉诏回中央，与宋祁同修《新唐书》。修史，在古代是国家重大工程，这表明欧阳修的地位和声望如日中天。五十岁时，欧阳修以翰林学士身份主持进士考试，他提倡平实的文风，亲自录取过苏轼、苏辙、曾巩等牛人。考试风格的转变，极大地利好了北宋文学的崛起，推动了宋代文风的转变和发展。

有宋一代，最有才的男人和女人都爱他

1060 年，五十三岁的欧阳修拜枢密副使，算是正式当上了中央高层领导，次年又拜任参知政事。以后，又相继任刑部尚书、兵部尚书等职。在五十八岁那一年，欧阳修想休息了，上表请求外任，希望像唐代那些有名的哥们儿一样去地方上做大员，过几年洒脱日子，但没有得到批准。此后两三年里，在政治中心斡旋的欧阳修深深感受了树欲静而风不止的从政滋味，不少诬陷告密的矛头开始朝着位高权重的他来了。其实他早就看透了，这把年龄的老干部，有观点有地位就不可能不得罪人，所以他有机会就提出辞职，只是想走都走不了，已经是身不由己了。

1069 年，王安石实行新法，欧阳修又出头唱了反调。1070 年，除检校太保宣徽南院使等职，他坚持不接受那些麻烦的职务，还巧妙地申请改地儿为国效力，终于如愿去了蔡州（今河南汝南县）。这一年，看上去很轻松，他重新为自己取了号，叫作“六一居士”，说的是自己著有《集古录》一千卷，藏书一万卷，有琴一张，有棋一局，身边常置酒一壶，而他在这中间慢慢过余下的人生，是为六一。算是对自己尘世中的一生作了总结和交代，可以死了，或者可以登仙了。

1071年夏天，他终于以太子少师的身份退休，回到颍州居住，但和很多热爱职场的人一样，闲下来的第二年就去世了。死后谥号文忠，官家对他评价极高。

民间评论员只举两例。帅哥苏轼评价欧阳修时说：“论大道似韩愈，论事似陆贽，记事似司马迁，诗赋似李白”；1129年，欧阳修去世五十七年后，美女李清照写了一组《临江仙》，此时，李清照已是中年，技巧已相当成熟，可她仍然写春闺怨妇的内心，写完之后，没忘记要为自己的这首词作序：“欧阳公作《蝶恋花》有‘庭院深深深几许’之句，予酷爱之，用其语作庭院深深深数阕”。

有宋一代，最有才的男人苏东坡和最有才的女人李清照都对他表示了倾心的喜爱。

泪眼问花花不语，乱红飞过秋千去：官越大，诗越抒情

《蝶恋花》

庭院深深深几许，

杨柳堆烟，帘幕无重数。

玉勒雕鞍游冶处，
楼高不见章台路。

雨横风狂三月暮，
门掩黄昏，无计留春住。
泪眼问花花不语，
乱红飞过秋千去。

蝶恋花，唐代教坊曲，调名取义梁简文帝“翻阶蛱蝶恋花情”句。又名《鹊踏枝》《凤栖梧》等。

庭院深深深几许，杨柳堆烟，帘幕无重数。

庭院幽深啊深到了寂寥里面，杨柳的帘幕啊数不清有多少重。

我们看见，在欧阳修开始着墨处：一堆堆烟幕似的杨柳包围庭院，院落的最深处独坐着一位闺怨美妇。“深深”二字重叠，突出了庭院的幽深、空旷，此时如果再用一个“深”字似乎意义不大了，而且几乎就会弄巧成拙。但他用了，不过他用这第三个“深”字后带出了二字，形成了问句，这么一笔到底，就很牛了，相当于现在电影技巧里面的一镜到底。这就是我们常说的小技巧使一首诗别具一格，但这小小的叠字之功，却不是随便能玩出来的。紧接着他用“堆”字将“烟”凝固成具象，与可视的“帘幕无重数”搭配，推出了典型的宋代意境。在这幽深的大院子里，字里行间虽然还没有出现人物，但读者的心中已经出现了一位富贵之家的寂寞女子。

玉勒雕鞍游冶处，楼高不见章台路。

香车骏马游荡的地方，楼台高耸遮掉了花街柳巷。

欧阳修把笔举高，写帘幕重重之外、视线之外的远景，一个男子和他所骑的宝马浮现在这位女子遥想中的章台路——那人出现在这位女士视野所看不见的花街柳巷。词里很含蓄地说是楼太高了，看不见。“玉勒雕鞍”：嵌玉的马笼头和雕花的马鞍。“游冶”：游荡娱乐。“章台路”：汉代长安有章台街在章台下。《汉书·张敞传》有“走马章台街”语。唐代许尧佐的《章台柳传》记载了妓女柳氏的故事，后人因此以章台代表歌妓聚居之地，章台路相当于现在所说的风花雪月一条街。

雨横风狂三月暮，门掩黄昏，无计留春住。

雨横扫着三月，风吹斜了暮春，把寂寞的黄昏关在门外！把逝去的春意留在心中！

狂风乱雨，摧花逐春，女子想把寂寥的黄昏关在门外，也想留住春天，其实是想留住美好的岁月，但一切均是徒然。此时，我相信欧阳修不光是在写女子的寂寞了。

我想起宋代邢居实的《拊掌录》里，记载过一则欧阳修喝酒的佚事，说他有一次聚众喝酒时发明了一种酒令，规定酒友们每人写两句渴望犯罪的诗，罪行写得差火候的罚酒。结果，醉鬼们大都写些“持刀哄寡妇，下海劫人船”“月黑杀人夜，风高放火天”之类，欧阳修写的却是：“酒粘衫袖重，花压帽檐偏。”酒友们不服，认为他让别人喝高了暴露犯罪心理，自己却一点不暴露。他解释说：“酒醉到如此程度，还有什么罪不敢犯呢？”从这则故事可看出，欧阳修喝酒写诗都很狡猾。于是，我们是否可以猜测：他本是一个满腹经纶、所谓“兼济天下”之人，此时写闺怨写出了狂风暴雨，他会不会将深院女子被抛弃的悲怨与自己被贬谪、无法放手搞政治的惨淡处境联系起来了呢？

泪眼问花花不语，乱红飞过秋千去。

含泪的眼睛问花儿们，花儿们沉默不语，唯有红色的花瓣在远方飞逝。

在宋代，男人们都流行戴花、插花，然而，这里仍然写的是怨妇的内心，“感时花溅泪”，古代的诗人们老早就记录了东方女子们一颗颗柔弱的内心。花如人，人如花，在唐诗宋词最萌的、萌化了的柔情譬喻中，人花模糊，在命运的问题上，人花莫辨。真是：年年岁岁花相似，岁岁年年人不同。

那忙碌的人在视野外走马章台，那寂寞的花在眼前飘零纷飞。一双含泪的眼问花，花儿低头不语。“乱红”：零乱的落花形成的抽象之色。一幅抽象画，用泪眼向花提问题，当然只能看见一片乱红。秋千，最早是采摘工具，后来成为军事训练工具。成为闺中女子的游戏玩具后，据说可“摆疥”（医治疾病），还可以“释闺闷”。这最后两句是千古名句，但有来历：唐代温庭筠有“百舌问花花不语”（《惜春词》）句，严恽也有“尽日问花花不语”（《落花》）等。前面说过，欧阳修写诗很狡猾，此处，他把前人的句子拿来，弄得超过他们，而且，很有顺手拈来的模样，这也是平庸诗人们很难完成的一个自选动作。

从字面上看，这是一首闺怨词，但我们可以因人解诗，欧阳修是一位对时政很上瘾的高官，而且其著文特别强调载道。他年轻时写过很多“淫词”，由于他很善于干净利落地将议论和叙事纳入词中，常常被同时代的人当真，给他带来过很大的麻烦。后来，他狡猾了，官越大，诗越抒情，却将怨恨悲苦、孤独伤感的内心藏入了艳丽的辞藻之中。从整首词看，我们可以将他解读成一个被贬的官员或是一个暂时无法施展抱负的官员——孤独地待在离政经中心很远的别墅里，他看见别人正热火朝天地干事业，觉得非常落寞，感觉如同一位被冷落的美妇，正抒发着深深的自恋和自怜。

木兰花

宋祁

宋祁的官越做越大的过程中，
他找乐子、搞享受的瘾头也越来越足，
他及时行乐、要玩到底的生活态度，
让同时代的大玩家张先都不能匹敌。

“为君持酒劝斜阳，且向花间留晚照”：红杏尚书

太平盛世，玩和做事都要尽兴

1024 年，湖北安陆的宋家两兄弟参加科举爆出大新闻。哥儿俩同时考中，殿试时弟弟考了第一名，也就是状元；哥哥第三名，为探花。

不过，张榜时又飞快传来另外的消息，这个后续新闻也很有趣：根据礼部呈报，兄长在乡试、会试时都拿的第一，当朝拍板的是刘太后，她从三纲五常角度认为弟弟的名次不可以排在兄长前面。于是以“长幼有序”的理由改取哥哥为状元，使其连中三元，弟弟则被下搁到第十名。但北宋官场及学界仍将宋氏兄弟俩称为“双状元”。哥儿俩祖籍河南雍

丘，在湖北安陆长大，二人少年得志，老家还为他们建塔以作纪念——状元双塔坐落在今河南省民权县双塔乡双塔集村。

现在说说这位本为状元却被降为第十名的弟弟：宋祁生于 998 年，他高考成为隐名状元后，最初被分配去复州做军事推官，调进中央部门后基本上是一路攀升：国子监直讲、太常博士、龙图阁学士、史馆修撰、知制诰、工部尚书、翰林学士承旨等。但哥哥宋庠官运更好，后来做到了宰相。当时，两兄弟齐名，社会上普遍认为小宋不如大宋通达显赫，原因是小宋性格散漫、生活腐败。其实呢，小宋的干练、见识、文章等通通比哥哥强，大宋性格严谨，在现在看来差不多没有什么建树。

但宋代那会儿有新的游戏规则：士人开始追求中庸和规矩，对有个性的官员颇有些嗤之以鼻，这与宋代由宰相班子集体领导的政策不无关系。宋祁的官越做越大的过程中，他找乐子、搞享受的瘾头也越来越足，而他生活的时代，也正是真宗、仁宗的所谓太平盛世，政府抑制军政方面的冒险而鼓励生活方面放开。宋祁喜欢郊游、K 歌，还“后庭曳绮罗者甚众”，也就是养了无数的婢妾声妓，他及时行乐、要玩到底的生活态度，让同时代的大玩家张先都不能匹敌。

陆游在他的《老学庵笔记》里记载道：宋祁好客，经常在家里铺开流水席，宴请各路衣冠。他家的会所帘幕重重，里面灯火辉煌，歌舞相继，客人们也前赴后继地前去饮酒歌舞，如果里面偶然有酒鬼揭开幕布，便会惊讶地发现：原来天都亮了！因此，宋祁的府邸有个外号叫作“不晓天”。

生活奢华、风流浪漫，再加上我行我素，在保守者看来真有点玩过头了，但这样的情况，在宋朝还真是稀疏平常，哪个朝代搞改革时不是这样呢？仁宗皇帝外放宋祁到四川做一把手时，也有严谨的大臣提出反对意见说：“成都人民的风格很是喜欢吃喝哟，宋祁也贪图娱乐，他去成都会忘乎所以、不理政事，恐怕不合适呢。”但皇帝仍然批准他上任，好像朝廷要的就是腐败，要的就是不作为。其实，对于蜀中人民的贪玩，政府是很清楚的，当年宋朝军队刚打下后蜀都城成都不久，蜀地百姓立马忘记了前朝，又开始了娱乐。每逢集市，民间的大型游宴此伏彼起，政府开始还在外派兵警戒观察，维持秩序。后来认为因势利导更利于和谐，张咏出知益州那阵子，曾采取主动参与的态度，甚至组织游宴，与民同乐。大臣韩琦曾表扬张知府说：“蜀风尚侈，好遨乐。公（即张咏）从其俗……后人谨而从之则治，违之则人情不安。”一线高官们的治蜀态度如出一辙。

果然，宋祁到了任上后，发现成都一带很是富饶，市井之中非常热闹，官员家里歌舞升平，感觉如鱼得水，他不但带头吃喝玩乐，还创设了很多新项目，将成都的文化旅游业推上了全新的高潮。从张咏开始，经宋祁，形成了历届成都的一把手都带头搞文化旅游的格局，苏轼在他的《次韵刘景文周次元寒食同游西湖》一诗的自注中说："成都太守自正月二日出游，谓之遨头，至四月十九日浣花乃止。"——每年新年开始，领导们就带领百姓开玩，一玩就是两个半月，爽啊。

宋祁也不是玩了白玩的所谓空头耍家，用成都话说就是不玩假打，在吃吃喝喝之余，他以一个知识分子的眼光和趣味，遍访民间、实地考察，记录四川诸多物产，写了一本极有历史价值的《益部方物略记》。他很认真地记述烹饪原料，蔬果类、水产类、调料类等分别仔细讲述它们的产地、生长形态及来龙去脉，还认真记录了口味特征和当时的烹调方法，使现在的烹饪爱好者都还能较完整地了解那时的烹饪原材料。但我认识很多喜爱川菜的朋友，却没听说过宋祁的这部书。这很遗憾！

红杏枝头春意闹

《木兰花》

东城渐觉风光好，縠皱波纹迎客棹。
绿杨烟外晓寒轻，红杏枝头春意闹。

浮生长恨欢娱少，肯爱千金轻一笑。
为君持酒劝斜阳，且向花间留晚照。

木兰花，唐教坊曲，《金奁集》入“林钟商调”。《花间集》所录三首各不相同，都是以韦庄词为准。全词五十五字。《尊前集》所录皆五十六字体，北宋以后多遵用之。若名《木兰花令》的，《乐章集》将其归入“仙吕调”，前后片各三仄韵，句式也与《玉楼春》全同。

东城渐觉风光好，縠皱波纹迎客棹。

东郊的风光一天比一天美，水波如绢，迎接船桨。

这是写景的名句。古人活得很仔细，春风从东边来，东城春早，他们写踏青的诗文常常先放眼东郊，如同咏花也往往先想到“南枝”，南枝向阳花先开。“渐”字有动态显露，当代诗人梁建也写过“早晨一寸一寸醒来”，使人感觉得到时间正在大地上经过、在生活中经过。“縠皱”是绉纱，一种有褶的细纱布料；“棹”，船桨，此处指船，水波层层散开，与春光渐渐来临对应。古人对大自然用情细致，值得我们细品。

绿杨烟外晓寒轻，红杏枝头春意闹。

杨柳的绿烟飘溢出早晨的凉意，枝头的杏花们却传出春意的吵闹。

绿杨对红杏，晓寒对春意，轻对闹，烟外、枝头是这些情景的着落处，如同画布。宋祁因此句被张先等人炒作出了“红杏尚书”的美名，后来参与炒作的有清代的李渔和王国维，都着眼于一个“闹”字。李渔（反方）说“闹”字极粗俗，且听不入耳，不应该出现在诗词中（《窥词管见》）。而王国维（正方）则认为“闹”字闹出了诗词的大境界（《人间词话》）。现在大学中文系教师都对“闹”字竖大拇指，都是王国维的好学生。

浮生长恨欢娱少，肯爱千金轻一笑。

人生啊惆怅太多，快乐太少，忽视小小的欢乐，那钱再多也没意思。

浮生，即人生，天天功名利禄，故有“浮生”“长恨”之感。让人想起此句可能来自李煜词中“自是人生长恨水长东”一句。“一笑千金”类似的说法历史上出处太多，此两句很平庸，我只是感叹：玩这个的，一是相当热爱生活，二是钱也太多了啊。

为君持酒劝斜阳，且向花间留晚照。

让我为你举杯，劝劝失去的时光，也让夕阳一直照亮我们身边的花儿吧。

这首词的写作背景不能确定，但我仍愿意把此处的“君”字当成陪宋祁郊游玩乐的女子，原因是宋祁人品风流，生活得很是香艳，“红杏尚书”的绰号可不是仅凭一首诗就能获得的。那么“红杏枝头春意闹”不只是写了春日杏花的欢欣景色，还记录了宋尚书与某女子饮酒调情且流连忘返的场景。甚至，我怀疑，他当时的诗友同僚读完后，没准都要会心一笑的。

早先，欧阳修推荐宋祁参与编修《新唐书》，欧阳修总编，宋祁做副总编，那可是个大活儿，是国家超级重点工程。其间宋祁一度外调为亳州太守，他“出入内外”都把稿件随身携带，工作很认真。

《曲洧旧闻》说，他在成都当一把手时每晚还开门垂帘燃烛工作到深夜。不过，他在家里的加班工作是比较奢华的：在两炷巨大的灯烛下，侍女丫鬟环绕身边，帮他和墨抻纸，远近都知道是尚书在编修《唐书》，看上去像神仙一般，让远眺的成都市民羡慕不已。

有一天，成都城中飘起了非常大的雪花，宋祁叫人添加帘布，点燃巨大的火烛，烧起大盆的炭火，姬妾们纷纷环绕左右侍候。宋祁磨墨濡毫，将纸张展开，静静地书写唐朝某人的沉浮功过。写了很久，有点累了，他停下笔，环顾身边的美人，问：“你们以前大都在其他人家呆过，可曾见过哪位主人有我如此刻苦用功的？”美女们都说没有见过。其中有一位来自皇室宗族的女子，宋祁问她：“你家的那位太尉遇此天气，是如何打发的呢？”美姬答道：“他呀，只不过是烤火喝酒，叫人家唱歌跳舞，中间再穿插点杂剧，直到喝得大醉为止，哪里比得上尚书您这般有事业心。”宋祁听了，搁笔大笑说：“这样也很安逸啊！”马上叫人拿走砚台纸笔，摆上菜肴美酒，和姬妾们喝酒唱曲，快活到天亮。

鹧鸪天

宋祁

高贵大气的唐诗在宋代市民生活中
乳育出了别样的新词，
但，宋词，也只有宋词，
才是唐诗唯一像样的儿女。
宋以后的诗词全是衣帽整洁的丫鬟。

宋朝的第一艳遇

好色会出问题吗

据宋代坊间传闻：宋祁长得挺拔俊俏、英姿勃发，没有一点世俗气息，很耐看，越看越像神仙中人。

宋祁做官有自己的一套，他从不参加任何派别，和晏殊的为官风格比较接近。但他无论是在主持财政、建设项目，还是在政治、文化工作中，都成绩斐然。虽然他风流倜傥、喜好声色，仕途上却波澜不惊、顺风顺水。而且，他的文采老早就被广为传播，可谓人尽皆知。这样的人搞事成事又不出问题，是真有水平，不当大官才怪。

关键是他还好色，这就有问题了。

鹧鸪天

宋祁

南宋黄昇《花庵词选》记载了宋祁一段轶事。一天，宋祁在汴京城的某大街上行走，迎面遇上了一队皇宫里的车马，碰上这样的车队，官员、百姓都会闪在路旁回避的。

我在北京多次碰上很牛的车队，首车的左边中国国旗，右边是法国、加拿大等国国旗，后面五六十辆一水儿奔驰，之后再跟着几十辆奥迪。如果是安哥拉、菲律宾的贵客，车少一点，但气势和阵仗不减，我都闪在路边看稀奇。

当年宋祁也往路边避让，那会儿中国生活缓慢、人生悠闲、路不宽、车不快。谁知其中一辆官车经过宋祁面前时突然揭开了车帘，露出一位宫女的脸来，这位美女可能修养不好、情不自禁，叫了一声："啊！这不是小宋嘛。"宋祁听见了，没准还看见了那位宫女的脸，难以平静啊。回家后便写下了这首《鹧鸪天》。

不久，这首词连同宋祁街头偶遇宫女的创作故事一并流传进了皇宫，宋祁，一个大官，一个高考状元，凭着一首情诗再次出名。仁宗皇帝也听说了，他或许很好奇，或许是心生一计，命人查出了这位宫女。

《花庵词选》更是添油加醋地记载道：仁宗皇帝知道这事后，"问内人第几车子，何人呼小宋？有内人自陈：顷侍御宴，见宣翰林学士，左右内臣曰，小宋也，时在车子偶见之，呼一声尔”。皇帝在宫廷里查问那天车队的第几辆车里谁叫了小宋。有位宫女自首说：有一次在宫内侍奉宴会，陛下宣召的翰林学士们出现时，旁边有人说那个人就是小宋，刚好那天在车里看见那个人，下意识地叫了一声。

然后仁宗皇帝召宋祁入宫，设宴喝酒，喝酒的中途，皇帝不露声色，故意安排乐手演唱了这首《鹧鸪天》。宋祁听了，自然是如临深渊，慌忙下跪请罪，皇帝却用词中句子调侃：“蓬山确实很远，但今天离你很近啊。”下旨将那位宫女叫来陪酒，之后发给了宋祁。

青春的真谛是什么？就是追美人、耍无赖啊

《鹧鸪天》

画毂雕鞍狭路逢，一声肠断绣帘中。
身无彩凤双飞翼，心有灵犀一点通。

金作屋，玉为笼，车如流水马如龙。
刘郎已恨蓬山远，更隔蓬山几万重。

鹧鸪天
宋祁

《鹧鸪天》，词牌名。又名《思佳客》《思越人》《剪朝霞》《骊歌一叠》等。双调，五十五字，押平声韵。前后片各三平韵，前片第三、四句与过片三言两句多作对偶，与七绝相通，后阕换头处稍变。

这首词，读者一看就会觉得十分眼熟。看看唐代诗人李商隐的两首《无题》诗：

其一：

昨夜星辰昨夜风，画楼西畔桂堂东。
身无彩凤双飞翼，心有灵犀一点通。
隔座送钩春酒暖，分曹射覆蜡灯红。
嗟余听鼓应官去，走马兰台类转蓬。

其二：

来是空言去绝踪，月斜楼上五更钟。
梦为远别啼难唤，书被催成墨未浓。
蜡照半笼金翡翠，麝熏微度绣芙蓉。
刘郎已恨蓬山远，更隔蓬山一万重。

宋祁的这首《鹧鸪天》基本上就是从李商隐处得来的，只是将“蓬山一万重”改成了“几万重”，改得更远了。“车如流水马如龙”也是来自李煜的《望江南》。这首小词简直就是一首东拼西凑之作。但作者能将前人的诗句，轻巧地几剪刀便裁剪成了新词，熟练地几锤便锻造出了新作品，看似全面抄袭，实是全面融进了自己的寓意，此种情况，是需要才气和智慧的。

写作有时需要神助，有时需要人助，这首词，前人仿佛已经帮他写好，一直等着他去拿回来修改。只是要求要比原诗更生动活泼，比原诗更有新意，比原诗更有故事。有故事，是我选这首词的原因之一。

画毂雕鞍狭路逢，一声肠断绣帘中。

闹市中，和一辆漂亮马车不期而遇，一声勾魂的呼唤从绣花窗帘中传出。

画毂，有画饰的车毂。《隋书·礼仪志五》说：“诸侯及夫人，命夫、命妇之辂车，广六尺有二寸，轮崇六尺有六寸。画毂，以云牙，轼以虡文。”这里指装饰华美的车子。雕鞍，刻饰了花纹的马鞍。如唐骆宾王诗《帝京篇》“宝盖雕鞍金络马，兰窗绣柱玉盘龙”；北宋欧阳修《蝶恋花》词“玉勒雕鞍游冶处，楼高不见章台路”；宋秦观《水龙吟》词“小楼连苑横空，下窥绣毂雕鞍骤”。这里借指骏马、坐骑。这一句简单一点可以理解为宋祁在街头遇见了一辆豪华的马车，有一女子在车内叫了一声宋祁。如果要死磕字眼，说成女子坐着豪华马车与骑着雕鞍宝马的宋祁在街头相遇也可。不过，我认为这次“狭路逢”如果是艳遇，也绝不是二人第一次“偶遇”，如果第一次偶遇就有一声让人“断肠”的声音传出来，那小宋先生就太自作多情或太滥情了。

我想起李白诗：“白马骄行踏落花，垂鞭直拂五云车。美人一笑褰珠箔，遥指红楼是妾家。”这个才真牛！李白骑着骏马在落花缤纷的景色中，用马鞭抚摸女子的马车，挑逗得女子很高兴，还告诉了约会的地点。

韩愈也写过骑马跟车的情形：“直把春偿酒，都将命乞花。只知闲信马，不觉误随车。”韩愈这个行为算死乞白赖。

南唐张泌更过分：“晚逐香车入凤城，东风斜揭绣帘轻，慢回娇眼笑盈盈。消息未通何计是？便须佯醉且随行，依稀闻道太狂生。”张泌装醉尾随香车，趁风吹开帘子时看见了人家的“娇眼笑盈盈”，女子还啐了他一句“太狂生”，大概说的是“先生你胆子太大了”。

唐代牛峤，这个情色诗人更是过分，他写道："柳花飞处莺声急，晴街春色香车立。金凤小帘开，脸波和恨来。"有点像同人同车多次跟踪，直跟到别人着急停了车恨恨地瞪了他一眼。

看来，"跟车"游戏在古人生活中并不少见，跟着马车追美人，是中国古代游手好闲之人生活的一个重要方式，至少应该是中国"风骚"传统文化中的实践课程。遗憾啊遗憾，教科书一概不讲，青春期的孩子，学不到青春的真谛。青春的真谛是什么？就是追美人、耍无赖啊。

唐代崔护的名诗："去年今日此门中，人面桃花相映红。人面不知何处去，桃花依旧笑春风。"说的才是第一次偶遇，第二年再去就没见着了，只见到了和去年一样的桃花，心疼和遗憾可以通过诗歌遗传下来。

我估算了一下：宋祁与车中女子的"偶遇"次数至少应该在李白等人与崔护之间。宋祁也应该是多次跟车了，其行为也应该在无赖和流氓之间，否则很难有以下层面的感叹。

身无彩凤双飞翼，心有灵犀一点通。

我和你没有彩凤那样的羽翼可以自由相会，但有灵犀一样的感应心心相印。

我们一眼对上，就不用语言了。先看看精神装备：彩凤，古人对凤凰的美称，张开一双彩色的翅膀去约会去私奔，这个意淫工具算是很酷了。灵犀，古人相信犀牛是一种神异、有灵性的动物，其角名通天犀，有一条白色如线的东西由角尖连通大脑，使其具有神奇的感应，“一点通”的假想由此引申而来。这是最有名的对偶句，累为后人所借用，常用于两情相悦、相互赏识的人的情感联络过程。“身无”“心有”还可指向对彼此命运认同时的互相激励。外星人一样的装备，普通人一样的快活，甚至让人怀疑，男女的相互吸引会不会是上天哪个界面设计的。

很多人都会犯“一失足成千古恨”的这种二

金作屋，玉为笼，车如流水马如龙。

你的居所是金屋深宫，你出行也是坐在白玉鸟笼中，今天啊，车如流水，马像游龙。

金屋藏娇是一个老典故了，汉代班固所作《汉武故事》

中说:“若得阿娇作妇，当作金屋贮之也。”娇：是一个女人的名字，历史上指汉武帝刘彻的表妹陈阿娇，不是撒娇的那个形容词。

金屋藏娇指以华丽的房屋让所爱的妻妾居住，后多指娶妾，是娶小妾的早期烂漫模式。玉笼，玉饰的鸟笼，多用为鸟笼的美称。

《洞冥记》卷二:“ 勒毕国贡细鸟，以方尺之玉笼，盛数百头，形如大蝇，状似鹦鹉。”

宋陈师道《木兰花》词:“谁教言语似黄鹂，深闭玉笼千万怨。”

唐朝来鹄有诗写鹦鹉曰:“色白还应及雪衣，嘴红毛绿语仍奇。年年锁在金笼里，何似陇山闲处飞。”

唐韦庄《归国谣》曰:“春欲暮，满地落花红带雨。惆怅玉笼鹦鹉，单栖无伴侣。南望去程何许？问花花不语。早晚得同归去，恨无双翠羽。”

金屋和玉笼比李商隐诗中“画楼”“桂堂”还高级，更拒人于千里外，让一般人不可企及。作者在这里，基本上联想到了笼中鹦鹉。“车如流水马如龙”形容车马往来不绝，街市繁华热闹的景象，最早出自《后汉书·皇后记》“马后诏：车如流水，马如游龙。”唐代苏颐开始套用，《夜宴安乐公主新宅》:“车如流水马如龙，仙史高台十二重。”南唐李煜于是完全袭用，一字不改:“多少恨，昨夜梦魂中。还似旧时游上苑，车如流水马如龙。花月正春风。”后主不着痕迹，宋祁也妥帖自然。这两个历史上最著名的资深情痴，这一壶拎得特清楚。

刘郎已恨蓬山远，更隔蓬山几万重。

古代的刘郎叹息过仙界和人间的距离，我想去的地方比仙界还要遥远。

刘郎指的是东汉刘晨，相传汉明帝永平五年，剡县刘晨和阮肇进深山采药迷了路，遇见两个女子把他们请到家里吃住，居然一待就是半年。有一天看见草木逢春，百鸟啼鸣，两人才突发思乡之情，请求美女们放他们回去。二女召集了三四十位美女，集会吃喝奏乐，搞了一场热闹的送别仪式，把刘、阮两个陷入爱情的凡人灌醉，指明了他们返回红尘的路，放他们回家。两个帅哥回到家乡，发现故乡零落破败，村镇完全变样，没有一个认识的人，到处打听才找到的亲戚，差不多已经是他们第七世孙子了，当地还在流传着他们上个世纪入山，迷了路没有回来的事。之后到了晋太元八年，二人想起山中美女，怀旧劲儿上来了，又入山寻二仙女，书上记载是——渺然无所遇，再也找不着两位女子了。唉，不管人间还是仙境，爱就是一样的，失之交臂、一失足成千古恨等说的就是很多人都会犯这样的二。

这样的二，犯了也是应该的！

我们生活在人间，都只能活一辈子。我们想看看人间以外啊。

回来说宋先生的诗：后人以此典故比喻艳遇。蓬山：神话传说中的一座仙山。万重：千山万水的阻隔。宋祁意思是说自己要见那个女子，可比刘郎见到他的仙女情人还要难几万倍。最后两句，李商隐用前人故事，宋祁则从其《无题》中全部拿来。按现在说法，全是属于大面积抄袭。

我在品写宋祁的《木兰花》时偶然得到了想法，要选品一下宋祁的这首《鹧鸪天》，因为它很有代表性，很容易让人看清中国古典诗歌的秘密，尤其是宋词的核心秘密：用典。诗或词写得不行，就和抄袭、偷窃没有两样，想抄袭得高级，整首诗上档次，那就要用典，尤其是诗人名气大、成就高，还可以往学富五车方向靠。

我在品写小晏时议论过此情形（见《傲慢的怀旧：晏几道的〈临江仙〉》），这是一个很美的抄袭样本（用典样本）。

这也是我在宋祁总共流传下来的七首词中再选它的主要原因。此首词不仅在技术上反映了用典与抄袭之间那些秘道、要件和故事，还在写作生态上呈现了北宋前期模仿学习前朝诗文尤其唐诗的普遍情况。高贵大气的唐诗在宋代市民生活中乳育出了别样的新词，但，宋词，也只有宋词，才是唐诗唯一像样的儿女。宋以后的诗词全是衣帽整洁的丫鬟。

宋祁一生不但生活奢侈豪华，而且家中妻妾众多，才华和好色双名齐飞。大清官包拯很看不惯宋祁的腐朽糜烂，曾经多次弹劾他。宋祁有好几次被提拔的机会，都因包拯的反对而泡汤。京城还曾传出过一首打油诗："拨队为参政，成群作副枢，亏他包省主，闷杀宋尚书。"说的就是这个情况。

努力工作、尽情享受，应该是宋祁的生活态度，他这样的生活态度，也好像很天然。宋祁年少时，家道便已中落，读书求学时，肯定算是贫困生。据王得臣《麈史》载：宋郊（后改名宋庠）、宋祁两兄弟在湖北安陆上学那会儿，衣食住行都捉襟见肘。冬至日那天，宋祁约同学喝酒过节，他对客人说："这冬至节没有酒钱，只有先人传下来的宝剑剑鞘上还有些装饰的银子，我挖了下来，有一两多，可以过一把节日。"他还笑说：冬至吃剑鞘，过大年节时，就把剑吃了。

他倒是天生有豪爽劲儿。

临江仙

晏几道

只要这个世界上还有人类，
就会有一些人对昔日的岁月缠绵不已，
并且在抒情世界里做自己精神上的国王，
不断追忆着生命中曾经经历的一些物事，
巡视着一块块破碎的国土。

傲慢的怀旧

有一种生活叫“将抒情进行到底”

晏几道出生的家庭环境很高级，扳起指头数数，中国古代最牛的抒情诗人中，只怕除了曹子建、李后主和纳兰容若，就不太好找能与他相比的公子哥了。

他是宰相晏殊的七公子，虽然父亲在他年轻时就已辞世，但北宋初年，朝中名臣高官几乎都出在晏门之下，摆在他眼前的官道当然还是很宽阔的。然而，晏几道却只做过颍昌府许田镇监、乾宁军通判、开封府判官等小干部。

他并没有在做官的人生之路上大步走下去，因为他太热爱另外的生活，太热爱一去不复返的世界。怀旧，往往是豪门后代的重要生活方式，有时，很多官二代不得不选择一种将抒情进行到底的生活。

小官抒情很傻，大官抒情很假。衙内级的晏几道岂不知这点官场常识。然而，真正的抒情是破落贵族的家传秘籍，晏几道就是为了抒情在生活上直奔贫穷而去的一个有秘传的青年。

从晏几道的情况看，抒情是有代价的，尤其要攀登抒情的高峰，其代价有时候会比贪赃枉法、杀人放火还高，往往只有高人和疯子才能到达一览众山小的境界。

晏几道的父亲也是抒情诗人，父子词风相近，人称“大小晏”，还常被人与南唐二主李璟、李煜相比呢。我们只能相信，他的父亲天生可以既做大诗人又当高官，而他却只能做一个很纯的诗人。

晏几道从青年时起，就比他父亲晏殊还高傲，视红得发紫的柳永那类慢词为“下里巴人”；尤其在神宗时代他的创作成熟以后，在柳永、苏轼主导的慢词黄金时代，晏几道却只写他的“阳春白雪”——小令，而且内容上始终只写那些回肠荡气的男女悲欢离合，情诗的句法显得超高级超专业。

作为权相之子，小晏的社交是很广泛的，仁宗赵祯有一次在宫中举行宴会，还特召他作一首《鹧鸪天》演唱。神宗熙宁七年，晏几道因郑侠上《流民图》反对王安石变法受到牵连，下了大牢。出狱后人更成熟，但生活境况日下，四十多岁时才做了小官，晚年抒情抒到了衣食不能自给的程度。

“旧时王谢堂前燕，飞入寻常百姓家”，就像贾宝玉，对现世无所知无所谓，心中只有姐妹，天生情种，是女人心中的王子；而小晏却多了后天的真阅历，心中多了岁月，是男人队伍里的大哥。

有一次，苏轼亲自来拜访晏几道，认为凭着彼此都和黄庭坚是哥们儿，而且都是反对王安石的一个战壕的交情，想和他聊天喝酒。只见晏几道从破旧的屋子里踱出来，冷冷说道：“当朝无数高官，都曾是我晏府当年的旧客门生，他们找我，我几乎都没心思接见，你请回吧！”调头回了自己的破屋子。

“当时明月在，曾照彩云归”：美好的岁月已然打烊

《临江仙》

梦后楼台高锁，酒醒帘幕低垂。
去年春恨却来时。
落花人独立，微雨燕双飞。

记得小蘋初见，两重心字罗衣。
琵琶弦上说相思。
当时明月在，曾照彩云归。

临江仙：唐玄宗时教坊曲名，即词牌名。又名《谢新恩》《采莲回》《瑞鹤仙令》《画屏春》《庭院深深》。

这是唐宋最普通的卡拉 OK 曲目，虽然我不太明白现在的中国歌曲怎么会那么无聊，但我知道，上天给人类大美的机会不会很多，千八百年才让你像样一次。比如唐诗，比如宋词。

梦后楼台高锁，酒醒帘幕低垂。

夜深梦回，楼台门锁高挂；宿酒方醒，四周帘幕紧闭。

“梦后”“酒醒”二句，看似写眼前，其实是在玩宋朝写诗的流行技巧，用对偶打开诗中的窗户，让你看到意境。一个人生命的某一段落，如今已和他咫尺天涯。“楼台”“帘幕”，那些曾经很热闹的地方，已关门落幕，晏七们的娱乐场所已经下班，美好的岁月已然打烊。

去年春恨却来时。

去年春天的离愁别恨此时来到了心头。

春恨：春日的愁绪。却来，重来。晏几道在他的文章《小山词自序》里讲过：他的友人沈廉叔、陈君宠家里有几位家妓，名字分别叫作莲、鸿、苹、云，常陪他们哥儿几个喝茶吃酒，他们偶尔出了作品，就临时教她们演唱，客人们则持酒欣赏。后来陈君宠病重卧床，沈廉叔也去世，他们昔日的狂篇醉句，就随同两家的几位歌妓，飘零流转于人间。这首诗写于沈、陈两家遭遇变故之后的第二年春天。

落花人独立，微雨燕双飞。

孤独的人，站在春日的远景里，花儿在他的身边飘零；成双的燕子，飞去又飞来，穿梭在迷蒙的春雨中。

春花摇落，佳景远去。昔日，晏七公子家世正隆，青春正在，佳人佐酒，好友在侧：如今，燕子双飞，愁人独立。宋词有多含蓄，晏七公子就有多含蓄。

这两句是千古名句，是晏几道最为人所传诵的名句之一，然而却没有一个字是他所写的。他只是借用了五代翁宏《春残》中的颔联："又是春残也，如何出翠帷？落花人独立，微雨燕双飞。寓目魂将断，经年梦亦非。那堪向愁夕，萧飒暮蝉辉。"词人此处完全借用，一刀剁了就拿过来用。

我见过很多为晏几道辩解的说法，几乎都是品评两首诗的全篇高下，证明晏几道的拿来主义是正确的，我怎么看着都觉得是"富人应该抢劫穷人"的强盗逻辑。我承认，这两句诗出自翁宏，确实被埋没了，晏几道使它成了夜明珠，从此永放光芒。但我不相信晏几道单凭这一首词就能做到这一点。我只能感叹，翁宏在写作事业上没把自己搞大，晏几道把自己搞大了，这两串珠宝就是他的了。晏七公子父亲晏殊也有"无可奈何花落去，似曾相识燕归来"的名句，看来好东西人人都爱，诗句更甚。

记得小萍初见，两重心字罗衣。

还记得那次小萍初次出现，穿着绣有双重“心”字的薄衫。

小萍：晏几道朋友家歌女中的一位。心字：沈雄《古今词话》谓为衣领屈曲如心字。岁月中的梦后酒醒，浮现在燕七公子脑海中的依然是小萍初见时的形象。此处的“两重心字”，我看一重就行了，晏七非得写上两重，他太多情，要暗示两人一见钟情，想强调当时就心心相印。有一种说法：当年晏殊带着儿子晏七去洛阳，欧阳修请出艺妓张采萍助兴，父子二人同时看上了张采萍，后来，在欧阳修的撮合下，父亲晏殊娶了张采萍为妾。

琵琶弦上说相思。

她在琵琶弦上述说着她的情意。

这小妖精琴弦含情，使知音沉醉，让人不由得想起白居易的《琵琶行》“低眉信手续续弹，说尽心中无限事”。两人暗中交流，第一次见面就已经无语心许，通过琴声勾搭上了。

当时明月在，曾照彩云归。

当年的明月还在眼前，照着她像一朵彩云飘然回家。

这里深入浅出地用了典故：李白《宫中行乐词》诗句“只愁歌舞散，化作彩云飞”以及白居易《简简吟》诗句“大都好物不坚牢，彩云易散琉璃脆”。彩云，可以指美丽而薄命的女子，亦可以暗示小苹歌妓的身份。我想，还暗指人生中美丽而易逝的东西。

常言道：“霁月难逢，彩云易散。”说的就是这伤心劲儿。小苹那会儿是洛阳才子沈家歌妓，她坐完台后，踏着当年的明月，像彩云一样飘然而去。如今，是永远地飘逝了。那些晏七公子在今后的生活里不能再唤的名字——“小莲”“小鸿”“小苹”“小云”等，只能在词里写写，因为任凭他怎样呼唤，她们都不会再低眉浅笑着答应他了。

晏几道和李煜相同，都是生活在过去的人，却又都是过来人，是成熟男女的社会哥们儿；纳兰和宝玉没有那么多的沧桑经历，凭的是天生的多情，是未来人，是年轻男女们的梦中伴侣。

对过去欢乐生活的追忆，是晏七诗歌的普遍题材，而我相信，这首词不仅代表了晏几道艺术上的最高成就，也堪称婉约词中的绝唱。

只要这个世界上还有人类，就会有一些人对昔日的岁月缠绵不已，并且在抒情世界里做自己精神上的国王，不断追忆着生命中曾经经历的一些物事，巡视着一块块破碎的国土。

不知后世那些念旧的人在最孤独的时候会否偶尔放下自己的内心，欣赏一下宋朝那个为小妾、歌女们填词作曲、持酒听弹的晏七公子？从他的词中可以看出，他可是一千多年前滚滚红尘中非常孤独的一位。

凤栖梧

柳永

在中国文学艺术史上，
死后被人民（妓女也是人民啊）
自愿弄成节日祭悼，
且形成民俗的也就两人：
一位是屈原，全民性的；
另一位是柳永，行业性的。

“不愿君王召，愿得柳七叫”：娱乐至死

教坊才子，最得青楼女子心

北宋前期，宋词非常艳丽浮华，而且在市井酒楼等地方大肆流行，其词句腔调矫揉造作、涂脂抹粉，面目越来越低档，被以唐诗继承者自居的正统文人们视为不入流的通俗文学，这很像现今唱美声的人对待 KTV 里面那些流行歌曲的态度。

文化界名流晏殊当上宰相后，竟不承认自己以前写过那么些好词。当时，晏殊、欧阳修等政府高官也常常创作一些悠闲雅致的小令搞娱乐，但主要热情还是创作唐诗风格的五七言诗歌，北宋文艺界也以晏殊、欧阳修为老大，写诗的

都跟着他们走，以显得自己高大上。

但民间却早已出现了一种叫作“新声”的东西，曾经有一位叫柳永的文青一直在诗歌江湖中奔波不息。

柳永当举人时，喜欢和教坊乐工、歌姬等民间音乐工作者厮混。可以肯定，宋朝词人几乎都受过南唐后主李煜的口语诗歌影响，但柳永彻底地、完全地用市民口语甚至街头俚语创作，颇有点神差鬼使，结果，他的“新声”非常容易被市民生活消费，很快就流行开来。

《喻世明言》第十二卷《众名姬春风吊柳七》中的故事讲到，北宋才子、著名音乐人柳七独步词坛，风流放浪之名也压倒了北宋众多文化名流，当局对这位文艺生活方面的出格者很是不感冒。于是，柳七仕途不顺，言行上自伤自残、破罐破摔，但不知什么心理，这却坚定了他为娱乐事业献身的信念。

他天天进楚馆、出秦楼，在堂子里越混越有感觉，他把风尘女子当同事对待，和她们自由恋爱，平等上床，极受艺妓们的欢迎和热爱。他的慢词和嫖风也越来越有名，反倒变成了明星，成了炙手可热的恩客——他如果为某女写上一首歌，该女很快就会成名，进而宾客盈门，财源广进；如果某女能请到柳永上床，她也可能获得柳永的新词，这就等于为成为千古名妓迈出了坚实的一步。于是，当时演艺界的女歌手们流传出了这样一首歌谣：

不愿穿绫罗，愿依柳七哥；
不愿君王召，愿得柳七叫；
不愿千黄金，愿中柳七心；
不愿神仙见，愿识柳七面。

在成名点金术上，柳永绝对是一位神奇的魔术师，现今世界上那些名导演都会自叹弗如。

被北宋官员体制边缘化以后，柳永常常客居妓院，晚年穷困潦倒，死时无钱无亲友。南宋祝穆的《方舆胜览》记载：柳永流落不偶，死于襄阳。死的那一天，家无余财，粉子们凑份子把他葬于南门外。

据说，此后的每年清明，襄阳城里的女孩们还常相约赴其坟地祭扫，后来相沿成习，成了青楼的“行规”，称之“吊柳七”或“吊柳会”。这让人很是感叹：在中国文学艺术史上，死后被人民（妓女也是人民啊）自愿弄成节日祭悼，且形成民俗的也就两人：一位是屈原，全民性的；另一位是柳永，行业性的。

我不求人富贵，人须求我文章：由小令到长调

柳永（约 984－约 1053），原名三变，字景庄。因家里排行第七，人称柳七。福建崇安人。官阶最高时做过屯田员外郎，故世称柳屯田。

柳永出身于书香门第、官宦世家，从小受过良好的教育，15 岁时写出过著名的《劝学篇》，是一个有名的学霸。但科考和从政，却是一路障碍，原因有三条：一是主考官与柳永父辈有恩怨；二是柳永来自民间的写作路子与朝廷高干们的创作风格不兼容；三是柳永与当朝某些政要有一些不愉快的瓜葛。

某些传说和记载不无道理。如：柳永因一曲《西江月》里有“我不求人富贵，人须求我文章”句，得罪了丞相吕夷简；又因那阕著名的《鹤冲天》有“忍把浮名，换了浅斟低唱”一句让皇帝不高兴——他把写诗填词的才子说成是不当官的公卿宰相，把做干部说成是“浮名”，说当官不如喝酒、唱曲愉快。柳永“好为淫冶讴歌之曲”，惹得宋仁宗给他下了断语：“此人风前月下，好去浅斟低唱，何要浮名？且去填词。”皇帝一句话，柳永官场的路看来基本被堵死了。

北宋是一个对文人最为宽松的时代，同时也是注重文化品牌的时代，取外号以便扬名立万在当时非常流行，柳永正好自称“奉旨填词柳三变”。但他后来肯定认为当干部不是“浮名”，简直是实惠，遂在1034年玩了一个花招，改名柳永，字耆卿，考中进士。

不过，柳永在社会上混久了，积习太重，做官肯定难以上正道，所以一生只做过睦州推官、定海晓峰盐场盐官、余杭县令、屯田员外郎（正六品）等官。

后来柳永经常出入京城“三朵名花”——陈师师、赵香香、徐安安的家里——这三位相当于现在的超级影后，他与这三位歌妓切磋他的那些婉约词，并从她们手里领稿费，成了我国文学史上第一位专业作家。

北宋的词坛大腕晏殊、欧阳修很少把笔触伸向新兴的充满生气的都市生活，柳词却满足了当时广大市民们K歌的需要。他的词不仅在汉人聚居地被广为传诵，还随着大宋的外贸活动流行到了国外。

西夏史记载:“凡有井水饮处，即能歌柳词”。金国的老大完颜亮读了柳永的词，羡慕词中“三秋桂子，十里荷花”的江南，竟然起了投鞭渡江、南下灭宋的心思。可见柳永的词影响之广泛，成了当时的国际流行歌曲。

由于与北宋火热的市民生活同步，柳永不仅开拓了词的题材内容，扭转了五代以来浮艳的词风，完成了词由小令向长调的转变，还促进了词的通俗化、口语化，在文学史上产生了较大的影响，最终成就了自己宋词老大哥的地位。

“衣带渐宽终不悔，为伊消得人憔悴”：唯有思念能镇住孤单

《凤栖梧》

伫倚危楼风细细，望极春愁，黯黯生天际。
草色烟光残照里，无言谁会凭栏意？

拟把疏狂图一醉，对酒当歌，强乐还无味。
衣带渐宽终不悔，为伊消得人憔悴。

词有婉约、豪放两派，各有兴会，应当兼读。读婉约派久了，厌倦了，要改读豪放派。豪放派读久了，又厌倦了，应当改读婉约派。我的兴趣偏于豪放，不废婉约。

——毛泽东

《凤栖梧》原为唐代教坊曲，又名《鹊踏枝》《蝶恋花》等。双调，六十字，仄韵。

伫倚危楼风细细，望极春愁，黯黯生天际。

我站在高高的塔楼上，任凭柔风缓缓吹拂，我眺望着我的哀愁，远远地，正从天边淡淡袭来。

960 年，北宋建立，乱世结束，中国两个最倔强的行业——农业和手工业率先恢复生机，带动了商品经济的快速发展，仅仅三四十年，中国大地很快出现了以汴京、成都、杭州、广州等为代表的梦幻般的大城市。柳永站在中原地区某个高楼上眺望着传统的爱情，他站在农业社会的某种高处，正被一次和经济有关的爱情刺痛着。

危楼，很高的楼，反正不是妓院花楼。诗人要思恋一个女人，即使这个人是妓女，也得找一个恰当的地势、一个能够衬托内心的高处，以便强调自己的孤独。这样的姿态，我们在古诗里经常能够看见，它是中国几千年文明里最经典的一个姿态。

若要细分唐朝和宋朝的孤独，则会发现，此处看似很唐诗，其实却更宋词，因为唐朝诗人更多的是在长亭里送朋友，宋朝诗人则常常在危楼上想歌妓。

诗人“伫”“倚”在危楼上，抒发着和春天有关的愁绪，这两个动词表明他一个人待在楼上被内心的爱情折腾的时间不短。

黯黯：不明朗或隐约迷蒙的样子。作者久久地站立在高楼上，看着远方，一股愁绪隐隐地从天边袭来。但作者不说是因为想女人，而说是“春愁”，也不说“春愁”来自内心，而说它是从天边传递过来的，这是为什么呢？因为说想女人，太直白，虽然婉约派往往是男欢女爱的实干派，却是打死他也不愿意说出来。并且，内心的东西无形，写出来不好看；天边有形，写出来有画面感，化无形为有形，抒情抒出意境，这是中国诗歌的一个基本搞法。

草色烟光残照里，无言谁会凭栏意。

绿草、青烟和夕阳，胜过千言万语。哪一位能明白，我为何在栏杆前久久伫立。

在草色、烟光、落日这样极端的风景里，一个男子继续翻晒他的孤独，“残照”很有荒芜感，落花有意，流水无情，无奈的人儿，只有无语，却又要问有哪一位能理解他为何要在楼上傻待着。

柳永一生生活在太宗、真宗、仁宗三朝，亲身经历了宋朝的经济繁荣和文化发展，当时，大叔大妈们已经不清楚战争是怎么回事，小孩只知道唱歌跳舞，中青年人热衷于娱乐，节日一个接着一个，文艺演出层出不穷，吃喝嫖赌蔚然成风，柳永的诗歌强烈地反映了这一社会面貌。

他是当时娱乐界的顽主、妇女们心目中的白马，柳永的这次凭栏望远，最终望见了自己的孤独，也让读者望见了诗人的内心，望见了他心中隐隐出现的一个人物。

拟把疏狂图一醉，对酒当歌，强乐还无味。

我要不要使出轻浮劲儿烂醉一场，边喝边唱，这勉强作乐的老套玩法，肯定镇不住此时的孤单。

他心中出现的人物到底是谁？有人考证是一位叫作谢玉英的妓女，这也只是猜测。但我们可以大致断定，她即使不是姓谢的，也是姓妓的。

拟把：打算，想要，宋时口语。疏，粗。不文雅，作者想撒一把野，发一下疯。

曹操《短歌行》里有“对酒当歌，人生几何？”句，曹操是政客中的统帅，柳永是嫖客里的领袖，他们从各自的气质出发，都用酒来秀一下自己的内心，但看来嫖客确实不及政客大气。

我们还可以想想，柳永之前还有一位酒海上的舵手——李白，他写的是“借酒浇愁愁更愁”，在饮酒界，李白的话是很权威的，他的话就是金玉良言、就是最高指示，而且永远是最新指示。柳永因为在宋朝情场失手，想借酒发一下小疯，其悲惨的“愁更愁”结局也早被李白历史性地定下了。

以情玩境界，魁首是柳永

衣带渐宽终不悔，为伊消得人憔悴。

在孤独的路上我人瘦衣宽，坚定地走着，在思念她的岁月，我把自己折腾得虚弱不堪。

衣带渐宽：用衣裳越来越宽大来反指人逐渐消瘦。

消得，宋时口语，可以、值得的意思。《古诗》：“相去日已远，衣带日已缓。”离别得太长，想你想成了芦柴棒。

南唐宰相冯延巳的《鹊踏枝》中也有“日日花前常病

酒，不辞镜里朱颜瘦”句，深陷情中的人或失恋者都像残兵败将，伤痕累累还要和岁月死磕。江淹在《别赋》中也说“黯然销魂者，唯别而已矣”。看来，病因都是一样的。

问世间情为何物？直教人生死相许。想着心中的伊人，被她折磨得瘦骨嶙峋、又病又老也无所谓。一个“终”字，用得挺决绝的，此时，一个有着深爱的情人、一个坚贞的情人终于跃然纸上，伟大的才子词人、一代情圣柳永也终于跃然纸上。最后两句把天下有情人的执着境界骄傲地表达了出来，很是荡气回肠，无可争议地成了千古名句。

学问家王国维先生在《人间词话》中说“古今之成大事业、大学问者，必经过三种之境界”：第一种“昨夜西风凋碧树，独上高楼，望尽天涯路”；第二种“衣带渐宽终不悔，为伊消得人憔悴”；第三种“众里寻他千百度，蓦然回首，那人却在灯火阑珊处”。后人归之为：知、行、得三境界。

以酒秀人生，柳永不及曹操、李白；以情玩境界，柳永则是魁首。

千秋岁引

王安石

曾经一个简朴淡泊的人物，
没想到有朝一日会终身迷恋政治；
曾经一个终身热爱政治的人，
没想到最后发现了自己的悔恨和遗憾。

问世间官为何物

一个官员在兼济天下
与独善其身之间的艰难选择

王安石天生记忆力好，只要读过的书就终生不会忘记。据说他做学生时写文章就已经很牛——神思泉涌，动笔如飞，精彩无比，常令同学们惊羡。他的朋友曾巩曾把他的文章拿给老干部欧阳修看，看得欧阳修赞扬不已，到处传播他的才华。

果然，王安石二十一岁时就以第四名的成绩进士及第，授淮南节度判官，任满后又到基层做了四年的县令，在地方上搞水利、农业、教育等，绩效都不错，埋头做了一段时间的小官。

当时的宰相文彦博认为他有才气、有能力，淡泊名利，不像是鬼混的官员，直接把他推荐到了仁宗皇帝那里，意思是想树个典型，借以阻止那会儿流行的奔走求官的坏风气。

朝廷中央各部门用官、提官一向稳重，明明想用他，却仍然叫他参加中央机关的职务考试，但他不去，欧阳修推荐他任谏官，他也以祖母年迈为借口辞谢了。不过，欧阳修是明白人，有智慧，坚持要给他官做，上奏朝廷说：王安石这样的人，既老实又是人才，这样的傻瓜，也是需要领点像样的工资养家糊口的喔。于是中央又直接下文件，他才答应去干。

史载，王安石善于辩论，其议论高深新奇，有一扫传统的气势，是一个伟大的雄辩家。

宋朝那会儿的官场，帮派、裙带已经很严重，但人心普遍都还正直，很多人都认为王安石无意于高官厚禄，大都以不认识他为遗憾。事实上也是，朝廷任命他不少好职位，他都不肯接招，甚至任命书送达到他家里的时候，他还上演过很牛的行为艺术——躲进厕所拒绝。

他还真是厉害，躲官躲了八九次之后，才同意做了知制诰，这是一个负责纠察首都刑事案件的职务。

但他上任不久，仿佛是天意或是老母亲对儿子的爱意——知道儿子当官可能会不幸福——王安石的母亲去世了，他又得以因孝道而辞职回家。整个英宗当政的时期，王安石谢绝了朝廷的多次召唤——他就是不肯出来当干部。

当时的颖王——后来的神宗，还未登基的时候就很想见王安石，算是王安石很铁的粉丝，待到他刚一即位就立即任命王安石为江宁知府——这算是比较大的官了，但几个月后就急不可耐地把王安石调进了中央。

王安石做宰相不久，立即开始了众所周知的变法，实施过程中，他一拨一拨地得罪高官和老臣们。有一次，欧阳修请求辞职，有人在朝廷上要求挽留欧阳修，王安石却说：欧阳修这种领导，在一个郡会搞坏一个郡，在中央会搞坏全国，留他有什么意思？

老臣富弼阻挠青苗法的实施，王安石把他比作祸害天下的共工和鲧，解除了他的职务——这两位可是国家级的老前辈。

天文官亢英从天象角度看出王安石将祸害国家，王安石很快就把亢英刺字发配到了英州，甚至他的学生反对他，他也立即将他刚提拔不久的学生贬往偏远的地方。

老宰相文彦博也反对他，但王安石运用手段将文彦博赶出朝廷，弄到地方上做官去了。什么上下级关系、师生关系、知遇之恩等世俗观念在他那里根本不值一提。

读了很多宋代史料，发现宋朝从来都不羸弱，出了不少聪明的皇帝，官员里也是猛人牛人一拨压一拨。

终于，慈圣、宣仁两宫太后流着泪对神宗皇帝说王安石坏话，神宗也开始怀疑王安石这人个性糟糕，做宰相不行，罢了他的相位，命他为观文殿大学士，仍然去江宁当他的知府。

王安石离任时推荐了吕惠卿、韩绛主政，以便继续他的变法大业，但不久吕、韩二人狗咬狗，政府很快乱成一锅粥，朝廷只得再召王安石回京任宰相，让他重新整顿政府领导班子。这次，王安石不再推辞，他快马加鞭、不舍昼夜地赶回了京师，上朝当天就将官瘾最大的吕惠卿赶出了朝廷。

终于有一天，王安石可能是玩累了，想要辞职，神宗皇帝或许也是招架不住他的狗脾气了，同意了，还贬了他的职务，任命他为镇南军节度使、同平章事、判江宁府。哲宗即位后，虽然还给他加了司空的职位，封“荆国公”，但政敌司马光上台了，什么免役法、青苗法统统见鬼去吧。几个月后，即 1086 年的 5 月，王安石辞世，结束了他战斗的一生。

“无奈被些名利缚，无奈被他情担阁”：一生到底该怎么活

《千秋岁引》

别馆寒砧，孤城画角，
一派秋声入寥廓。
东归燕从海上去，南来雁向沙头落。
楚台风，庾楼月，宛如昨。

无奈被些名利缚，无奈被他情担阁，
可惜风流总闲却。
当初谩留华表语，而今误我秦楼约。
梦阑时，酒醒后，思量著。

《千秋岁引》列入《钦定词谱》，这个词牌是王安石创的调，双调八十二字，上片八句四仄韵，下片八句五仄韵。后人也有写《千秋岁令》或《千秋万岁》的，字数有出入。看来，多字少字都无所谓，作品好就行，词的规矩很多，但灵魂上是自由的。

千秋岁引

王安石

别馆寒砧，孤城画角，一派秋声入寥廓。

客栈边捣衣的声音，小城里悠远的号角。一片秋意，正涌入人间。

古人家家户户都会在秋天洗掉全家的衣服，好干干净净度过寒冷的冬季，有亲人在外打工、从军的，尤其要赶时间洗净晾干他们的衣物，以便天凉之前寄送到远方父亲、兄弟手中，所以秋天到来时夜间常常有捣衣的声音。城头的号角声更是清越悲凉的，王安石在旅店听到的这两种声音是秋天里传送得最远的声音了，特别能激发寒冬来临前游子思归的那缕缥缈的愁绪。

“砧”，捣衣石，加了一个“寒”字，带出凉意；“寥廓”，高远的景象。李白的《子夜吴歌》里有“长安一片月，万户捣衣声”的名句。

东归燕从海上去，南来雁向沙头落。

往东回家的燕子飞出了海岸线，向南飞来的大雁飘落往沙洲上。

这两句特别口语，为全词语言定了调。燕子往东是要跟随春天，大雁南飞是要前往温暖的地方，这两个意象写的都是飞鸟和季节之间的自然迁徙，一种生命本能的回归行为。

在辽阔的秋景里，燕子和大雁都在遵循自己的意愿完成生命的往返之旅，这很容易引发游子思乡或是重拾昔日梦想之情。王安石接下去要抒发什么，内容上差不多已经水到渠成。

楚台风，庾楼月，宛如昨。

楚王的好风，庾亮的明月，真的就在昨天啊。

宋玉《风赋》里写道:“楚襄王游于兰台之宫，宋玉景差侍。有风飒然而至，王乃披襟而当之，曰：快哉此风！”《晋书·庾亮传》记载庾亮做武昌太守时和同僚下属们去武昌南楼一边赏月一边瞎聊，被传为佳话。

“楚台”和“庾楼”是楚王和著名文人庾亮昔日悠闲快活的地儿，登台御风，临楼赏月，前人的自在情形对王安石来说，还宛若昨天。

无奈被些名利缚，无奈被他情担阁，可惜风流总闲却。

现在，我被名利拴在世间，被人情耽误在红尘，遗憾啊我那些梦想一直被冷落。

“担阁”，宋人口语，后来写成“耽搁”。“风流”二字不仅仅是男女浪漫之事，实在要理解成王安石后悔自己缺乏男欢女爱的生活也可以，就这么地，虽然爱情很美好很重要，但能吏、政治强人没有什么私生活也是常有的。

前面写燕子、大雁随季节迁徙，楚王、庾亮的自在快活，铺垫而已，最后整出来了两个“无奈”，一个“可惜”，不自由啊！当然，中国一直是官本位国家，“不自由，毋宁死”这句话中国人从来说不出口，因为官员们从来没有出来做过楷模。

当初谩留华表语，而今误我秦楼约。

当年我浪漫地吹嘘过自己的愿望，今天我连男欢女爱也被耽误。

作者直接感叹名利耽误了他真正想要的人生，“华表语”是《搜神记》中的故事。辽东人丁令威修成神仙后，变成仙鹤飞落在城门华表柱上说：城楼还是老样子，人民早已不是以前的人民了。这里说的是世事无常的道理。

秦楼是古代美女住的、文学史上著名的艳楼。思念旧情，王安石感到自己辜负别人，简直也辜负了自己一生。写到此处，差不多了，到底儿了，坦白说出了人生的失败感。

梦阑时，酒醒后，思量著。

深夜里，酒醒后，我默默地想着。

在长梦结束时，在酒醒后的深夜，想起自己的一生，好多往事历历在目，这一刻他才怀疑人生。这是结尾，一个政治斗士，说出了最苦涩的话，可惜，已没人听。也许，他自己也不愿听了。这首词大概为王安石晚年所作，写出了一个官员在兼济天下与独善其身之间的艰难选择，写出了一个梦魇般的儒学悖论。

曾经一个简朴淡泊的人物，没想到有朝一日会终身迷恋政治；曾经一个终身热爱政治的人，没想到最后发现了自己的悔恨和遗憾。昔日有人抒情：问世间情为何物？直教生死相许。今天也定会有人感叹：问世间官为何物，真叫人终身痴迷。

无产阶级领袖列宁曾评价:“王安石是中国 11 世纪时的改革家。”其实王安石不仅是一个大政治家和大改革家，同时也是一位了不起的文学家，他是著名的唐宋八大家之一，他把国家政治和文学创作高度结合，强调文学要为现实服务。

现在很多人反对这一观点，强调纯文学。其实，哪儿有纯之又纯的文学？文学都是作者从其在社会上的不同角色和视角书写出来的，都是不同材质完成的不同货色而已。

历史上对王安石评价落差极大，这里不一一絮叨了，倒是他去世后，他的部分敌人及其子孙们拉帮结伙想要贬低他值得一提。那些怀着各自目的，希望屏蔽他的人甚至不惜通过修书编史来丑化他，但是事实证明，历史和文学史真的不是几个团伙能书写和左右的。他的词在《全宋词》里只收入 20 余首，但仅仅其中的两三首就有洞穿五代诗文旧习的功效，后人认为他和范仲淹一起奠定了宋词豪放派的基础，是苏东坡等人的先声，为宋词的完善和繁荣打开了广阔的空间。

蝶恋花

苏轼

在世上的某处，
仍有芳草如茵的美丽生活，
春天会离开你，但春天不会离开这个世界。
芳草和天涯，正是苏轼偶尔会露一下的浩然广阔。

有一种生活叫“日清新”“睡正美”

一生混砸过多次，照旧无往而不乐

苏东坡一生混砸过很多次，有几次还相当严重，但他能无往而不乐，心情一直很豁达；他出入佛道，既通达朝政又熟悉民生，思想一直很独立；他学识驳杂、吃喝体验很丰富，这玉成了他诗歌的多样和广博，他的文笔一直都很新奇。

我个人认为，这才是最有意思的诗人。

苏轼生于 1037 年，“八岁入小学，以道士张以简为师”。他很小的时候就读《庄子》，看来，儿童可以读很牛的大作品，只要他是那块料，苏轼老庄底子因此很扎实，这是他一辈子活得风生水起的基础。

他在二十二岁时就和十九岁的弟弟苏辙一起双双中了进士。混得顺的时候，他做过端明殿学士兼翰林侍读学士、礼部尚书、中枢舍人。混砸时贬任杭州通判，徙湖州、黄州、常州，知杭州，最后贬海南。1101 年宋徽宗登基大赦天下，苏轼北返时在常州逝世，享年六十六岁。高宗朝，赐太师，谥文忠。

就做官而言，苏轼算是混得相当不错的了。这首蝶恋花有些版本加上了《春景》标题，其创作年代，一向有两派为之争吵，一派认为是苏轼在惠州所写，另一派偏不同意，理由是苏轼那会儿刚到惠州，人生地不熟，写不出如此深刻的作品，坚决要求将此词的写作时间定为存疑。然而，我本人在没去河西走廊之前还写出了很棒的《河西走廊抒情》的主干部分，还有，但丁没下地狱前也写出了《神曲》。所以，对那些较真儿二把刀学者，你理他不清白，不理呢更不清白！

宋哲宗亲政的第二年，也就是 1094 年，朝中有三十多名高干被贬到岭南等老少边穷地区。苏轼是被政府最先拿来开刀的，在绍圣元年 4 月，有人弹劾他嘲讽上一代领导人，他因此丢了端明殿学士、翰林侍读学士两个职位，被调离京城去做定州知州。

但处罚苏轼的红头文件还没到他本人手上的时候，中央相关单位觉得不过瘾，又下文让他以“左朝奉郎”的身份知英州，也就是说，让他挂职去英州做市委书记。

第二个红头文件还在路上跑的时候，中央相关部门还是没过瘾，又发文把他降为副六品的左承议郎。苏轼拖家带口被降级文件追着走。到安徽当涂时，新的文件又追上来了，贬他为建昌军司马，并让他去惠州待着——惠州在宋朝首都人心目中就相当于现代人心目中的非洲了。

苏轼快麻木了，往南走，刚到江西庐陵又通知他降级别，此次是宁远军节度副使。这个宁远军在湖南，但告诉他这个任命只是象征性的，待的地方不变，还是惠州。他的这个节度使和唐朝的节度使比起来就比山寨版还山寨，而且还是副的。差不多算是勉强给保留了国家基层干部的资格，介乎于科级和股级，不过再怎么样还算是官员，并且这下算是到底儿了。

苏轼此时已五十九岁，提前演绎了宋朝失败官员的五十九岁现象，带着小儿苏过、小老婆（侍妾）朝云爬山路、赶马车颠簸南下，越往前走树越绿，越往前走官越小，仿佛世界上最荒诞、最倒霉的驴友，缓慢地向人生的终点无助地旅行。

“天涯何处无芳草”——将降级贬谪当成自助游

《蝶恋花》

花褪残红青杏小。
燕子飞时，绿水人家绕。
枝上柳绵吹又少，天涯何处无芳草。

墙里秋千墙外道。
墙外行人，墙里佳人笑。
笑渐不闻声渐悄，多情却被无情恼。

我一直认为，诗歌没有豪放和婉约之分，只有好与不好之别。苏轼这首小词承袭诗教的传统，哀而不伤，怨而不怒，是苏轼“刚柔相济”风格的典范。

花褪残红青杏小。

花儿在最后的红色中回家，杏儿在青涩里出发。

过去的日子黯然欲逝，新的生活在杏树上露出了小小的脑袋，坎坷潦倒的苏东坡在惠州安顿了下来。

与其说惠州的山水欢迎他，还不如反过来说，他的内心一直欢迎着新的生活。惠州美丽的自然风光很快将他整个人干干净净地洗了一遍，苏轼内心萌动了清新和喜悦。

官从很大变成了很小，差不多从副国级变成了副科级，但新鲜的生活也有召唤他的意思。青年时代就写了《策略》《策别》《策断》等二十五篇治国文章，在北宋积贫积弱的问题上，苏轼是有不少富国强兵的策划的，但政府此时基本上到了黑白不分、是非莫辨的水平，他虽有治国之术，却无匡时之运。

“蛮貊之邦，瘴疠之地”是当时惠州的城市形象，暮年远漂，身如孤叶，刚到此地的苏轼确实到了叩问自己人生观的节骨眼上。

花已褪，红已残，杏还青，点明季节正当春末夏初。世上季节再次变换，人生可否另开篇章？这应该是很多人失意时常有的困惑。

燕子飞时，绿水人家绕。

燕子在飞，绿水在搂抱着它的家。

伤春之感，惜春之情，是宋朝诗人常常当成显摆其风雅的软件，苏轼也不例外。写空中燕子轻飞、人户绿水环绕的隐者风景，真是将降级贬谪当成自助旅游了，官场中的老驴友，在宋朝真是不少啊。不管此处的这户“人家”是苏轼家还是另一户小地主，它在写作上只是为勾出“墙里佳人”作意象牵扯之用，美丽的意象再用水“绕”着，非常清新，非常田园。另外，“绕”字还有惜春、留春的柔情心思，比现在流行的“拥抱”那个西方词语要细腻，它必然勾出留春不住的寂寞心态。

枝上柳绵吹又少，天涯何处无芳草？

树上的柳絮正被风儿吹没，外面的世界，可有春暖花开？

春天肯定是留不住的，看看那户人家门前的柳树，那枝条上的柳絮正像我们恋恋不舍的某段岁月被风一点一点吹走。

“柳绵”，即柳絮。“又”字在这里也很折腾，是留恋的东西慢慢失去的折磨过程。

但此时也很容易让人想到，在世上的某处，仍有芳草如茵的美丽生活，春天会离开你，但春天不会离开这个世界。

芳草和天涯，正是苏轼偶尔会露一下的浩然广阔。

俞陛云《唐五代两宋词选释》评价为：“絮飞花落，每易伤春，此独作旷达语。”但俞陛云可能忘记了欧阳修，我记得欧阳修在他的一首叫作《采桑子》的词中也有同一境况的描写：“狼藉残红，飞絮濛濛”或“垂下帘栊，双燕归来细雨中”。不过，欧阳修先定了一个开朗的调子，他在首句就写了“群芳过后西湖好”。不滥情、心态好，苏轼和他的老师欧阳修在做人作诗上算是一伙儿的。

“多情却被无情恼”：“我达达的马蹄是美丽的错误”

墙里秋千墙外道。

院里有人荡秋千，院外有路朝远方。

此句仍是写景的延续，但明显想从写景转为叙事。墙里，应该是前面所写的绿水人家。一个行人从人家院墙外经过，他看到了秋千架。手法——白描。这个人就只能是作者本人了。墙里、墙外，将要展开的是一个小小的宋朝版“围城”故事。

小词短诗非常忌讳用词重复，“墙里”“墙外”和后面的“多情”“无情”被苏轼巧妙地重复，甚至能重复成哲理名句，这不是一般诗人干得了的，这是很专业的高招儿。

墙外行人，墙里佳人笑。
笑渐不闻声渐悄，多情却被无情恼。

路上的过客在徘徊，墙里的美女在嘻笑。

美丽的声音越来越远，远行的过客啊莫名的失落。

苏轼本人，他从人家院墙外经过，听见了院里姑娘的笑声，他感到了一点隐隐的烦恼。美女笑声渐渐消失的过程也是过客慢慢被伤害的过程。

“悄”，消失。墙内佳人无意，墙外行人失意。“多情”，指墙外行人。“无情”，指墙里佳人。俞陛云在《唐五代两宋词选释》中还说：“墙内外之人，干卿底事，殆偶闻秋千笑语，发此妙想，多情而实无情，是色是空，公其有悟耶？”

台湾当代诗人郑愁予也写过一首关于多情和无情的诗歌，这就是著名的《错误》：

我打江南走过
那等在季节里的容颜如莲花的开落

东风不来，三月的柳絮不飞
你底心如小小的寂寞的城
恰若青石的街道向晚
跫音不响，三月的春帷不揭
你底心是小小的窗扉紧掩

我达达的马蹄是美丽的错误
我不是归人，是个过客……

郑愁予诗中骑马的过客无意（或者这是一位没心没肺的硬汉），春闺后的佳人失意。与苏词正好男女相左、里外相反，郑老先生是否受苏轼这首词启发，下次再见一定记得问问他。总之一个个美丽的错误，延续了中国诗歌中最美丽的意象。

无情是世界的本性，多情是人类的天性。联想到苏轼以前写过“多情应笑我，早生华发”，还联想到他常喝着自家酿的罗浮春酒，感叹着“日清新”“睡正美”的生活态度，才发现，他随处触发、皆成妙谛的本领不仅仅是勤学苦练能得到的。“短幅中藏无数曲折”，一首小小的词，美得可以让人无视其中的禅意，天赋之外，他还必须得是性情中人呢。

行香子

苏轼

儒家修养是苏轼勤于政事的理由，
老庄境界是他超然旷达的形式，
禅宗佛学是他淡泊平常的根本，
三者有机地结合起来，
形成了他宽阔大气的文化精神。

千古如何不见一人闲：官员们的隐秘梦想

“长恨此身非我有，何时忘却营营”

苏轼在王安石推行新法期间，曾上书神宗皇帝反对变法，他从哲学的角度出发，认为：国家存亡的主要原因，在于道德修养的浅深，不在于国家实力的强弱；每朝执政时间的长短，也在于文化传统的薄厚，不在于富与贫。

他劝说神宗不要急于立功而贪富强，并指出神宗“求治太急，听言太广，进人太锐”。神宗听着很有感觉，但以王安石为代表的改革派却从此视他为眼中钉、肉中刺。

是啊，一个国家或政府，富强并不能保证久祚，只有文化深厚才能固定疆土、长治久安。

1079年发生的“乌台诗案”使苏东坡陷入绝境，几乎丢了性命。改革派想置他于死地，幸好宋太祖曾立下不杀文人的规矩，且神宗又爱惜他的才华。最终，苏轼被发配黄州。此后他在黄州度过四年多，让他感受到了个人政治、生活被边缘化的滋味。

1082年，他在《临江仙·夜归临皋》一词中写道：“长恨此身非我有，何时忘却营营。”还流露出“小舟从此逝，江海寄余生”的念头，写出了他在功名事业和归隐江湖之间的迟疑与彷徨。

司马光坐上相位后，保守派复辟，苏轼被召回朝廷，并被封为翰林学士，差不多算是做了皇帝的顾问和秘书。此时，他又反对保守派对王安石派的赶尽杀绝，认为王安石一派的某些政令应该保留。结果又得罪了司马光一派，随后苏轼便陷入了两面不讨好的结局，执政的保守派也将他边缘化。1085年，下放在外的苏轼定下决心在宜兴购置了田地物业，颇有长期归隐田园的意思。他在诗中写道：“十年归梦寄西风，此去真为田舍翁。”

可不久，神宗皇帝病逝，哲宗皇帝即位。新帝登基，一朝天子一朝臣，朝廷召唤苏轼回京，他又毫不犹豫地回到中央，重返了权力中心。

接下来的一个时期，苏轼事业顺畅、春风得意，任过登州太守、中书舍人、杭州太守、扬州太守、礼部尚书、翰林学士知制诰等让人羡慕的职务。到 1094 年，他差不多享受了十年通泰的日子了，可政治斗争又不期而遇，苏轼因“诽谤先帝”之罪，再度遭贬，此次苏轼被彻底逐出了官场，远离了当时的主流社会。

苏轼家世代奉佛，儿时拜名道士修习老庄之术，他一生多与禅僧交往，向往天地间的大自由，一生又以儒士之身参与政治，儒释道在他身上高度相容，他的道德修养，他的禅学机锋，他的诗词文章，在他身后一千多年来，对中国文化的影响从未中断过。

行文做事，当姿态横生

《行香子·述怀》

清夜无尘，月色如银。

酒斟时、须满十分。

浮名浮利，虚苦劳神。

叹隙中驹，石中火，梦中身。

行香子

苏轼

虽抱文章，开口谁亲。

且陶陶、乐尽天真，

几时归去，作个闲人。

对一张琴，一壶酒，一溪云。

行香子，双调小令。上片五平韵，下片四平韵。据宋人程大昌《演繁露》考证，“行香”即佛教徒行道烧香。调名本此。东坡此词可为定格之典范。

儒家修养是苏轼勤于政事的理由，老庄境界是他超然旷达的形式，禅宗佛学是他淡泊平常的根本，三者有机地结合起来，形成了他宽阔大气的文化精神。

苏轼在评吴道子的画时曾说过：“出新意于法度之中，寄妙理于豪放之外。”此说用来评他自己的创作也应该是恰当的。不过对“豪放”二字的理解，切不可俗解。“豪放”是针对“法度”，这里至少不是指性格，而是指境界，是破一切方法的境界。

但是，我们现在的文学家、艺术家不少人也有破“一切法度”的愿望，有的一想到要去破“法度”，就匆忙地以为找到了真理，匆忙设立自己的“方法”。真的，我看见我们这个时代的不少诗人、艺术家，略有见识，稍有小成，刚刚站上一个小台阶，就急忙给自己找符号、编理论，想造成真理在握的事实，殊不知在一千多年前苏轼的界面上，这只不过是“俗谛”，是在回避“真谛”。因为他们已匆忙地为自己设了“法度”。

苏轼认为写诗行文应“如行云流水，初无定质”，其作品应该“文理自然，姿态横生”。其实，这只是一个朴素自然的古老台阶，一个很基本的台阶。但是，我想，我们当代的文学家、艺术家至少应该先把自己放在这个台阶上，再认真审视一下自己的成色。

“且陶陶、乐尽天真”

清夜无尘，月色如银。酒斟时、须满十分。

清澈的夜晚，洒满月光的白银。此时喝酒，要满杯斟上。

清夜、皎月、美酒盈樽，正好仰望夜空，思索人生。不思索人生则更爽，把酒对月是古人常见的雅兴。

十分：古代盛酒器之一种。比如，有形如船者，内藏风帆十幅。酒满一分则一帆举，十分为全满。

行香子

苏轼

浮名浮利，虚苦劳神。

叹隙中驹，石中火，梦中身。

那些虚浮的功名利禄，一直让人奔波劳碌。人生转瞬即逝，那门缝外奔过的小马，那燧石里击出的火星，那梦中的自己。

此处用了三个关于人生虚无的比喻，均用一个“中”字串起来。构成所谓的博喻，而且都有出处。

《庄子·知北游》云：“人生天地之间，若白驹之过郤，忽然而已。”古人常将日影的移动譬为白驹过隙。

白居易《对酒》中“石火光中寄此身”，也说人生就是敲击燧石迸出的火星，一闪而灭。

《庄子·齐物论》中：“方其梦也，不知其梦也，梦之中又占其梦焉，觉而后知其梦也；且有大觉而后知此其大梦也，而愚者自以为觉。”在梦中研究梦，醒来后才知道是梦，大醒之后才知道那是一个大梦，傻瓜们都认为自己活得很清醒。

唐人李群玉《自遣》里也有“浮生暂寄梦中梦”——现在的我不过是梦中的我寄存在世间的一副身子而已。人生如梦也是古人常见的世界观。

虽抱文章，开口谁亲。
且陶陶、乐尽天真。

一个胸怀锦绣的人，活在口舌之争里，很不爽。他还不如快快活活随性享乐。

“文”即“纹”，指“纹路”；“章”指“外表”。“文章”即“有纹样的表面”，后指文字对事物之描绘。古代也将青、红两色线绣称为“文”，红、白两色线绣称为“章”。“文章”即为锦绣，后来意义发生变化，比喻文字了。这里也可指他有美丽的精神世界。

“陶陶”，快活、欢乐的样子。《诗经·国风·王风·君子阳阳》：“君子陶陶……其乐只且！”

几时归去，作个闲人。
对一张琴，一壶酒，一溪云。

我也如此啊，还不如早些归隐，做一个自在闲适的布衣，弹琴、喝酒，面对着眼前一溪的云雾。

“几时”二字，没有时间表，可看出苏轼的犹豫，想“归去”却又并不打算立即退隐。于是，弹琴、饮酒、赏云，只不过是宦海沉浮中的一种理想而已。“一张琴、一壶酒、一溪云”是承载理想的实物，三个“一”字连起来，很具体，照应了上片三个“中”字串起来的结尾的虚幻。

苏轼的旷达是有名的，但终其一生，他都没有实现“作个闲人”——这个看起来很容易到手的愿望。历史上，范蠡、张良、谢安等名相名将们功成身退，成了中国历代官场人物心中暗藏的人生楷模，他们事业上的成就和成功的归隐，也是很多官员的终极理想。但是，正如苏轼的学生、诗人贺铸在他的《将进酒》一词中所说：“开函关，掩函关，千古如何，不见一人闲？”能这样的人真是少而又少。

谁说宋词不如唐诗

儒释道三者兼具形成了中国士人们丰富和复杂的气质，但三者互不相让，又形成了士人们千百年来久久难以愈合的生命综合征和不断复发的精神分裂症。

儒释道在苏轼身上的综合修养，成就了苏轼的大格局和丰富性，但也紧紧地关上了他想要“归去”的那扇无形之门。

宋太祖灭掉南唐、后蜀之后，立马开始推行优待官吏的政策，让官员们搜刮财富、寄情声色，以便修文偃武、调整国家内部权力关系。按现在的话来说，就是缓和权力矛盾，搞和谐。

这种政策导致民间财富向大城市高度集中。据《东京梦华录》记载:“举目则青楼画阁，秀户珠帘。雕车竞驻于天街，宝马争驰于御路。”“新声巧笑于柳陌花衢，按管调弦于茶坊酒肆。”城市化为官员、文人和商人们带来了寻欢作乐的盛宴，也为被称为“新声”或新词的长短句歌词创造了肥沃的土壤。

长短句这种文体在隋代出现，在唐代兴起，但一直不能与唐诗比肩。就是到了宋朝，文人们也丝毫不敢怠慢五七言。比如，婉约派的代表人物柳永，他“失意无聊，流连曲坊”，大概只把写词当成养家活口的职业，类似于现在写歌词赚钱。史载他回家后不忘刻苦创作唐诗一样的诗歌。据叶梦得《避暑录话》记载：柳永其他文体都写得不错，但却因作词偶然得名，那么多诗是他的主要心血，像是白写了一样，颇有后悔之意。

豪放派的代表人物苏轼一生创作的诗歌有四千多首，写的词却只有三百多首。但奠定此二人文学史重磅地位的却是新词，可谓“有意栽花花不发，无心插柳柳成荫”。

唐诗一直折磨着北宋的文人，他们看重诗歌，轻视新词，以至于他们中间很多人都宣称：填词嘛，都是写诗之余玩玩而已。但北宋喧嚣的生活不答应，热火朝天的夜晚扑面而来，丽声缦腰逶迤而至，连欧阳修都不得不承认：“好妓好歌喉，不醉难休。”著文需载道、吟诗需言志的局面开始溃塌。是的，文以载道、高雅等文化观念，早在北宋就溃塌过了。

晏殊、张先、欧阳修等人的创作是宋词的第一阶段，可算是五代“花间”向新词的过渡，但他们基本上还没放下诗人的架子变成词人；柳永虽说和晏殊、张先等是同辈人，但由于他走的是民间路线，在主流社会影响缓慢，其实，他从现实生活入手，已经开创了词的新格局，为宋词的发展奠定了坚实的基础；之后，苏轼以士大夫面目出现，又把词的地位提到了新的高度。柳、苏二人，算是宋词发展的第二波，而且，由于二人风格迥异，成就高，影响又极大，造就了北宋词坛千姿百态、竞相发展的繁荣局面。

刘熙载《艺概》说：“东坡词颇似老杜诗，以其无意不可入，无事不可言也”。苏轼以文入词、以诗为词等多种艺术探索，实际上解开了宋代文人们对于新词的心结，治愈了唐诗向宋词过渡之间的主要疑难杂症，也揭下了文人们对文学体裁贵贱之忧的面具。他对词的全面改革，推翻了词为“艳科”、词为音乐附属品的传统格局。宋词，终于走在了文学的大道上。

满庭芳

秦观

王国维品评秦观与周邦彦时说：
秦和周虽然都是艳词高手，
但秦观如淑女，周邦彦像娼妓。

销魂的境界

对风流韵事的执着，最终会影响一个人的格局吗

秦观曾在一首叫作《水龙吟》的词里，写下“小楼连苑横空”“玉佩丁东别后”两句，将一位姑娘连姓带名带字整个儿藏了进去。这位姑娘姓娄名婉字玉东，是秦观在蔡州时的相好。

他还有一首《南歌子》，是赠给一位叫陶心儿的名妓的，全词结尾有“天外一钩残月，带三星”一句，把陶心儿的“心”字大大地写在了天上。我们不知他用什么字体写的这个“心”字，但我们知道，这个绝顶聪明的秦观，在男女间

题方面，相当舍得花工夫。

秦观的老哥们儿黄庭坚显然认为把才气和时间过多浪费在女色上，会影响一位才子在事业上的发展，于是写了一首诗批评他，其中“才难不易得，志大略细谨”两句，可谓用心良苦。但秦观根本就不当回事儿，天生好色的情种羔子，就是把他阉了他也会当自己是一匹改良种马。

秦观与黄庭坚、晁补之、张耒号称为“苏门四学士”，苏轼是他们的老师。四学士中，苏轼最关心最爱护的就是秦观，他特别担心秦学士过分醉心于女色会掉进文化混混儿的队伍里，所以常常批评秦观。苏轼的批评方式当然是东坡式的——调笑加嘲讽，比如，他给秦观起绰号时还会捎带上那位混得差劲的柳永来搭配——“山抹微云秦学士，露花倒影柳屯田”，以嘲讽秦观学士越活越低档。

一次，秦观从会稽来到东京见苏轼，刚见面苏老师就开涮了：“没想到咱们分别后，秦学士把柳七那一套泡妞手法学得不错啊！”秦观狡辩说：“老师啊，我秦观虽没多少本事，也不至于去学柳永呢。”苏轼于是正色问：“‘销魂当此际’，非柳七语乎？”

苏轼很有老大的风范，也知道一味地批评、教育作用不大，多数时候还不如主动给些掌声，比如对其《踏莎行》结尾两句“郴江幸自绕郴山，为谁流下潇湘去”，苏轼大声喊好，说：“少游已矣，虽万人何赎。”苏轼是最早力挺秦观的名人，还说秦观有屈原、宋玉之才。

但是，有点涵养和档次的女子就不太看得上这类花花角色了。比秦观晚出生三十多年的李清照在《词论》里，先是肯定了秦观属于知道“词”是什么玩意儿的极少数人，然后说秦观：**“专主情致，而少故实，譬如贫家美女，虽极妍丽丰逸，而终乏富贵态”**。李清照有修养，没说狠话，但意思很明显——秦观是个低档次男人，秦观的词很花哨，但缺乏端庄厚重。李清照似乎是对苏轼担心并批评秦观的理由做了结论性的补充。事实上也是，秦观对风流韵事的执着，最终影响了他的格局。

不过，到了清朝，两位有分量的人物对秦观的评价，使秦观的形象又闪亮了起来。**李调元在《雨村词话》说他：“首首珠玑，为宋一代词人之冠”。**

王国维品评秦观与周邦彦时说，秦和周虽然都是艳词高手，但秦观如淑女，周邦彦像娼妓。李、王二人均有《词话》传世，属于词评方面有话语权的角色，秦观到底是下三烂还是上等货，还得读者自己进入宋词去仔细辨别。

如果咱们能回到一千年前的北宋都城，那开封城里的文朋诗友就会设酒局宴请各地来的哥们儿，请咱们外省人喝酒。他们会带咱们走进汴京无数大酒店中的一家，一会儿炫耀压住了热情，一会儿热情又盖住了炫耀，欢乐和友情早已使我们眼花缭乱。

京师的大酒店，门前都装饰着彩楼欢门，比咱们现在的娱乐场所气氛还要热烈，走进去之后客人们会看见，黄昏时候的酒店大院里灯火辉煌，廊柱和檐角明灯相照，数百姑娘，聚于主廊和露台上，楼台烟霭，杏脸桃腮，等待着酒客们呼唤，对外地进京的哥们儿来说，看上去像是众多的仙女，超乎寻常地浪漫。楼道里或廊檐边上，咱们偶尔会看见一两个柳永在穿梭，和歌姬们忙乎着打情骂俏。

秦观在咱们这一伙中间，也从外地穿越而来，面带羞涩，两眼闪闪发光。

但那些年，南方很多地方无比富足，江南一些都市的夜生活并不比京师汴梁逊色。据说早些时候，秦观去会稽郡玩的那次，会稽太守接待他，安排他住在当地高级宾馆蓬莱阁，并在蓬莱阁会所的宴席上叫了歌妓陪酒。秦观在女色上好像从来都不客气，就在这次酒局中看上了其中一个歌姬，两人相好了一段时间。后来分别时，秦观就写下了下面这首《满庭芳》。

往事并不如烟吗——“多少蓬莱旧事，空回首、烟霭纷纷”

《满庭芳》

山抹微云，天粘衰草，画角声断谯门。
暂停征棹，聊共引离尊。
多少蓬莱旧事，空回首、烟霭纷纷。
斜阳外，寒鸦万点，流水绕孤村。

销魂。
当此际，香囊暗解，罗带轻分。
谩赢得、青楼薄幸名存。
此去何时见也，襟袖上、空惹啼痕。
伤情处，高城望断，灯火已黄昏。

满庭芳，词调名，毛先舒《填词名解》说此调名出自吴融诗：“满庭芳草易黄昏”。又名《潇湘雨》《潇湘夜雨》《锁阳台》《话桐乡》等。

山抹微云，天粘衰草，画角声断谯门。

远山画上了几笔白云，天边粘连着几棵枯草，号角在瞭望塔上静默。

“山抹”与“天粘”两句，在大背景上轻轻落下细小的物件，手段很高，但方法很险，因为：抹上去的是云，还可以，但粘上去的是草，很容易把意境弄砸，变成小农经济情趣，也就是苏轼不太感冒的乡野杂景。但历经千年的阅读，事实证明，这两句给人的效果却仍然是作者当初希望的那样，静中有动，景中有情，且妥帖工巧，极见功力。

画角，古管乐器。传自西羌，像一个长竹筒，本细末大，因表面有彩绘，故称画角。这东西发声哀厉高亢，古时军中常常早上吹一下晚上吹一下，用来提示昏晓，肃整军容，振士气，添军威，帝王出巡，也用来报警戒严，应该是军号的前身。范仲淹的《渔家傲》中有“四面边声连角起”，陆游的《沈园》有“城上斜阳画角哀”，姜夔的《扬州慢》有“渐黄昏，清角吹寒，都在空城”等等。那会儿，宋朝人在心理上已告别了战争岁月而进入了平民社会，此时的角声要么是在吹奏着惜别，要么是在吹奏着寂寞，而且都是吹响在让人抑郁难耐的黄昏时分。

“谯门”即“醮楼”，是古代建筑在城门上的高楼，用来瞭望敌情。《汉书·陈胜传》说：“攻陈，陈守令皆不在，独守丞与战谯门中。”

秦观通过城楼上寂寞的号角将远境拉回，道出了天气、时间、地点。他写的根本不是意境，他写的是别离、写的是寂寞呢。

另外，“天粘”在宋代版本里为“天连”，“粘”字系后人在编辑过程中擅自改的，但后人认为改得好，故沿用。

暂停征棹，聊共引离尊。

暂时放下远别的船桨，让我们一起端上告别的酒杯。

“征棹”，远行的船。作者没有写谁来了，但“共引离尊”却让我们看见有两人在饮酒告别，人物被虚掉了。基本上就是作者的船将要出发之时，蓬莱阁上的那位歌女送别来了。

多少蓬莱旧事，空回首、烟霭纷纷。

那蓬莱阁上的往事，回首茫然，纷飞如烟。

从“蓬莱旧事”开始回忆，竟然理不出多少头绪，“往事”也就必然“如烟”，这是个中人的爱情常识，分别之时才梳理往事，过去的一切仿佛未曾发生过。但旧情确实发生过，而离别却又真真实实在面前。

斜阳外，寒鸦万点，流水绕孤村。

你看那夕阳下飘散着无数乌鸦的黑点，小河环绕着孤独的村庄。

《诗人玉屑》卷二十一中引晁补之评这几句词时所说：“虽不识字人，亦知是天生好言语”。有的版本是“寒鸦数点”，显然比“万点”差远了。但不管怎么，这都不是秦观的东西，是隋炀帝杨广诗（失题）中的：“寒鸦千万点，流水绕孤村”。我还读到过隋炀帝另外的诗，曾多次感叹，中国好几位暴君或奸雄都是最好的诗人啊。

此刻，作者回避谈情，用“寒鸦”与“孤村”，将此情此景转向远方，这是含蓄，这是沉着、内敛和修养。秦观自己不说，他只是让别人看见：深秋晚景和他的这一幅天涯离别图。

销魂。

我失魂落魄，

江淹的《别赋》中有:“黯然销魂者，唯别而已矣！”江淹因其著名的才尽，成了历代才子中的煌煌品牌，他的颓废多情后来在宋词中最有市场，此句乃其第一招牌。

当此际，香囊暗解，罗带轻分。
谩赢得、青楼薄幸名存。

在这个时刻。赠别的香囊已悄悄解下，永结同心的罗带也轻轻分开。我功名不就，只在情场获得了薄情的名声。

香囊，繁钦《定情诗》:“何以致叩叩（拳拳情意），香囊系肘后。”

罗带，古人以结带象征相爱，罗带轻分表示别离。

谩通“漫”，胡乱、徒然的意思，口语。

青楼，这里指妓女的聚居场所，杜牧《遣怀》诗:“十年一觉扬州梦，赢得青楼薄幸名。”

薄幸：薄情，负心。

解“香囊”赠送离人，用了一个“暗”，分“罗带”告别情人用了一个“轻”字。两个动作用两个细节呈现，由此引出杜牧诗意，用以谴责自己：用情轻薄、负人之深，且功名失意、不得不如此地奔波，不得不忍痛离别。放现在，意思就是：姑娘啊，哥对不起你，和你谈久了恋爱浪费时间呐，哥耽误不起，哥要去升官发财去了。

此去何时见也？襟袖上、空惹啼痕。

此次一别不知何日再见？我胸前袖口留着你告别的泪痕。

啼痕，泪痕。此地一别，相会无期，对不住别人，也对不住自己，这是婉约派生活的情感路线图，这图上绘满了宋朝婉约诗人们飘零的身世。

秦观写此词时大约三十一岁，他的诗文已很出名了，但考试累累不中。爱情不敢瞎要，功名瞎要不来。所以，有人说此词的特点是“将身世之感，打并入艳情”（周济《宋四家词选》）。

其实，很多婉约词人的作品，常常会被后来的学究分析为写恋情，同时又融入了自己的身世之类。但我们如果仔细比对当时的社会生活，就会发现，这些词仅仅当作爱情词来欣赏就可以了，没有那么复杂。如要仔细研究，我们会发现，宋朝文人与歌妓谈情说爱是家常便饭，强悍的直接将对上眼的歌妓娶做小老婆的比比皆是，羸弱的就来点“泪眼”“啼痕”后拍马走人。

再如秦观的经典名句“两情若是久长时，又岂在朝朝暮暮”，难道他还要去考试？难道他答应女子考完后来接着谈恋爱或是把她娶为小的？这个生活时段的秦观，我更相信是在安慰痴情女子，或者说是在摆脱一段恋情。婉约，多少女子喜欢，多少女子在婉约的美丽中心服口服地与薄情郎掰了。我的一个朋友——著名的撒娇诗人默默曾讲过，某商界朋友泡完妞后，常常会习惯性地说上一句：请给我一点点时间。

伤情处，高城望断，灯火已黄昏。

伤感之时，我已望不见城楼，灯火初上，天色已黄昏。

一个外省官员，对京城人间烟火还是有迷惑的。高城望断，用的也是唐代欧阳詹《初发太原途中寄太原所思》里的“高城已不见，况复城中人”的诗意，船在江中，天已向晚，让咱们面对这离别的情形吧。结尾不再掉文，直接用口语，水到渠成。

这是一首传诵极广的宋词名篇，作者恋爱谈得心潮起伏，但气度却沉着安详，只有恋爱老手才能如此从容不迫，也只有诗歌高手才能如此意新语工。

世界上的诗歌，只有宋词，从中随便抓一首出来读，读者都能读出宋朝的那帮官员将人间情爱与自然仙境融为一体的手段，更能感受到他们对生死离别的触碰，感受到他们在人生欲望和自然风光之间的贪婪品尝。

秦观年轻时志向远大、喜欢军事，并且很早就生活在一大群名人中间，三十多岁时就得到当朝权贵苏轼、王安石等人的推荐提拔，文化名气想低也低不下去，想当官就更加容易。但宋朝的政治策略是偃武修文，一直是维稳高于一切，从军征战的理想，秦观很难实现，他的纵情酒色，可能也是他肥壮的力比多在生活中激荡折腾时的无奈选择。

秦观中进士后做过几年小官，后来在朝廷做过太学博士、秘书省正字、国史院编修官等，但由于他属于保守党，改革派掌权时他被贬去地方，在不少地方做过地方官员，死后被朝廷赠为龙图阁直学士。著有《淮海集》等。另外，秦观还写有一个小册子，名叫《蚕书》，是我国现存最早的一部蚕桑专著。

宋朝太师蔡京的儿子蔡絛著的《铁围山丛谈》卷四里记载：秦观的女婿范温有一次在某大人物的宴席上喝酒，显得很是默默无闻，但恰好酒宴间有位美女特别善于唱秦少游的长短句，当她问范温“请问先生是谁”时，范温立马回答说：“我就是‘山抹微云’那个人的女婿嘛。”引来席间一片欢快的大笑。可见这首词在当时是超级流行的。

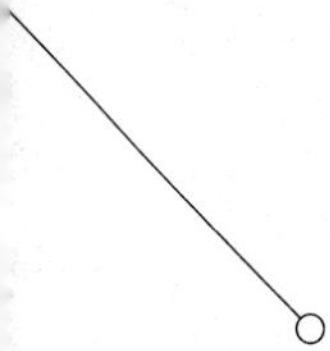

忆旧游

周邦彦

周邦彦太过贪玩，
后来栽在强势大臣蔡京手上，
但他却在追逐自在人生的岁月中
不小心把文化弄大了，
成了婉约派和格律派的集大成者。

低俗的雅奏

敢与皇帝争情人的一代情歌王子

记得上大学时读的《中国古代文学史》对周邦彦是这么评价的：周邦彦的艺术技巧虽然是超一流的，但内容很无聊，属于低级趣味。

现在咱们从民国一直上溯到南宋，发现对周邦彦的评价，却又是两个极端：有的人认为他是宋词七大家中的第一位，有的人则认为他卖弄风情、情感超级低劣，是低俗文学的代表。

年轻时的周邦彦读书不少，他的博学使他颇为引人注目，他的书法则使他人气更旺，其真书、行书在当时极有名气（遗憾呀，作者没见过周的书法）。然而最让人服气的还是他“妙解音律，善自度曲”。说穿了，他搞原创，不仅仅是一个普通演奏者，而是一个音乐天才，是北宋最杰出的原创音乐家，他在当时的知名度，应该比现在的原创音乐家崔健、罗大佑还强。

柳七民间第一，周哥官方老大。

周邦彦生于1056年，杭州人。他在少年时就成了有名的才子，但家乡人并不欣赏他，史书上说他“不为州里所推重”。

走官方路线一定要有人提携，看来周邦彦当时五行缺靠山。但宋神宗元丰二年，朝廷太学扩招给了这个不良少年一个大好机会，周邦彦通过考试离开了压制他的地方官员，兴高采烈地辞家远行，开始了四十余年的游学和仕宦的新生活。这一年，他二十四岁，也算少年得志了。

周邦彦读太学时又出了名，此番出名，是因为他写的新词。后辈——南宋陈郁说他：“二百年来，以乐府独步，贵人学士、市儇妓女，知美成词为可爱”。“美成”是周邦彦的字，他还有个号，叫清真居士，他很快成了情歌王子。

有一天，社会上出现了一个超级绯闻：汴京第一名伎李师师与周邦彦一见钟情。但当朝皇上徽宗是李师师的常客，关系也很密切，皇帝常换上便装，溜到李师师家休闲。

有一天，周邦彦正和李师师约会，门卫告知皇帝爷来了，周邦彦来不及开溜，情急之下只好躲入床下。徽宗皇帝给李师师带来了南方进贡的新橙，二人边品尝鲜果边调情，还玩了一会儿笙箫。周邦彦差不多趴得半身不遂了，徽宗才起身回去休息。

艺术来源于生活，周邦彦从床下钻出来后深有感慨，回家后写了《少年游》。这首词在京城很快流行起来，徽宗皇帝也听到了，他觉得内容好像和自己有瓜葛，就琢磨李师师那儿有点问题，便亲自盘问李师师，李师师不敢欺君，只得据实回答。徽宗皇帝打翻了醋坛子，最后以懈慢职务为借口，将周邦彦贬往外地。

周邦彦背井离京的那一天，徽宗皇帝来李师师处娱乐，结果等了好久李师师才从外面回来。见李师师哭过鼻子，徽宗就问："宝贝到何处去了，谁惹你伤心了？"李师师赌气地回道："臣妾听说周美成被贬黜出京师，送别去了嘛。"徽宗皇帝窝火，但毕竟这位皇帝是有品位的人，胸怀还是比较大，闷闷不乐地走了，回去后不仅赦免了周邦彦，还一下子提拔了几级，让周邦彦进入了国家最高的音乐单位。

《水浒传》中宋江想招安，也走了李师师这道后门，妓女和皇帝互相泡，绝对不能名垂青史，但和当朝最牛的一文一武有瓜葛，想不出名都不行。这则趣闻，既提升了周邦彦的被关注度，又将李师师打造成了娱乐文化的千年品牌，绯闻真是娱乐界的镇山之宝呢。

后来的一些学者们常常做出眼中揉不进半点沙子的模样，考证妓女也非常严肃。王国维告诉人们，徽宗皇帝即位初年，周邦彦已经六十出头，李师师肯定不会搭理一个糟老头。也有某位周邦彦专家说，徽宗登基时，周邦彦应是四十四岁，但他说，四十多岁的年纪，确实有些偏大，不过，和小姐们闹点风流事还是可以想象的。

我认为，学者们的考证很多时候非常搞笑。上过夜总会的朋友们都知道，小姐们最不爱搭理的就是小青年，看看现在的夜总会里，多少四五十岁的业务骨干在里面呼风唤雨？我得出结论：

一、以上学者仅仅考证了周邦彦，而没参考周天才的老师傅——七八十岁还到处谈情说爱的张先的事迹。宋朝多少中老年文人官员在欢场里混得鱼欢水肥，大学者们竟视而不见，确实显得治学不够严肃。

二、以上学者单从年龄上去考证爱情，看来是知识积累上缺了谈情说爱的一课，百科全书缺了谈情说爱的那一页。

学者考证自己非常陌生的青楼文化也很自信，这其实说明很多大学者也相当不可信呢，尤其是一些专业人士，到别的行业去指手画脚时，是不是应该谦虚一点呢。

事实上，绯闻只是在传播过程中传播者用来过干瘾的，真假不重要。周邦彦的人生，和别的宋朝官员们基本上大同小异。

早在宋神宗元丰年间，王安石推行新政遭到很多重要朝臣的反对，血气方刚的青年周邦彦站在改革派一方，以歌功颂德者自任，写了七千多字的《汴都赋》献给神宗，神宗不但令尚书右丞李清臣在迩英阁宣读，还把周邦彦从太学生破格提升为太学正。神宗去世之后，保守派卷土重来，元祐二年周邦彦被贬庐州（今安徽合肥）。周邦彦从此在各地州县做小官，干了十多年。

小官当然不好做，周邦彦深感身世漂流，宦海难渡，词风变得感伤颓唐，沉郁苍凉。但他毕竟是一个得道的大玩家，不会做小官，饮酒填词却很是拿手，不少艳情妙作都是这期间写出来的。

直到四十多岁后，由于新党重新上台，周邦彦才被调回京城任国子监主簿。元符元年，宋哲宗想起了周邦彦当年献赋的行为艺术，觉得很过瘾，命他再来一次——重献《汴都赋》，表演完后，哲宗把他提为秘书省正字。

徽宗即位后，周邦彦就入了官场正道，按相关部门规定一路升迁。后来下派做过隆德知府（今山西长治）、明州知府（今浙江宁波），锻炼考察结束后调回京城做过校书郎、考功员外郎、卫尉宗正少卿兼议礼局检讨，后入秘书监，进徽猷阁待制，提举大晟府（皇家最高音乐机关）。

周邦彦太过贪玩，后来栽在强势大臣蔡京手上，又遭贬离京，重新在各州县折腾，做过真定知府、顺昌知府、南京鸿庆宫提举等，差不多都是地市级书记级别。在宋朝，这官算做得半大不小，但他却在追逐自在人生的岁月中不小心把文化弄大了，成了婉约派和格律派的集大成者。

若干年后，时过境迁，南宋的一些文人记载，他们去泡夜场时，歌妓出场，演唱的主要还是周邦彦。甚至宋末元初，都还有著名的歌后们演唱周邦彦的词。如今我们再品这些词句，仍能感受到其穿越时光隧道而来的华美气息和轻狂劲儿。可算是前无古人，后无来者。

看来，低俗文学也是人民的文学，周邦彦也是人民的诗人。

“旧巢更有新燕”

《忆旧游》

记愁横浅黛，泪洗红铅，门掩秋宵。
坠叶惊离思，听寒螀夜泣，乱雨潇潇。
凤钗半脱云鬓，窗影烛光摇。
渐暗竹敲凉，疏萤照晚，两地魂销。

迢迢，问音信，道径底花阴，时认鸣镳。
也拟临朱户，叹因郎憔悴，羞见郎招。
旧巢更有新燕，杨柳拂河桥。
但满目京尘，东风竟日吹露桃。

周邦彦写了很多色情诗，无意中记录下了宋朝人情感生活的鲜活场景。比如他写京都的一位小歌妓，因其“痴小”，相当可爱；写过洛阳城里一位名妓也很棒，周邦彦东游西荡，直到他头发花白，才又相见，但一夜激情后又分离了；还写了某个秋夜，他到小曲幽坊碰见一位酷呆了的中年歌妓，感叹这样的美妇难得一见；最让人难忘的是一位歌妓中的天才，这位女音乐家深知音律，但很贪玩，喜欢狂喝滥饮，周邦彦与她一见钟情，两人成了知己。最让人觉得好玩的是他与一户有钱人家的小二或小三，连续来了个二夜情。第三天拂晓时，他偷偷骑上一匹瘦马在泥泞中离去，还不停回头眺望那家人的红色大门。

记愁横浅黛，泪洗红铅，门掩秋宵。

我的哀愁老是浮上我刚描上的眼影，我的眼泪也偶尔来洗一下我脸上的红妆，院门关着，把秋日的夜关在外面！

开头用了一个“记”字，直接扣了“忆旧”这一主题，秋夜深沉，和那个没良心的话别，还有什么好说的呢？读者们看看她的脸就行了，她的脸上，哀愁和泪痕一样都不少。院门关住了记忆中最寂静的场景，话别而没有人物语言，如梦幻，是虚的，这是回忆之笔伸进了秋夜。

红铅，铅白、胭脂与香料之类的东西做成的化妆粉。

作为唱曲，此调有六领格字，如“记”“听”“渐”“道”“叹”“但”，并宜用去声。但撇开格律，这六个字也可以敲开词中之魂，试看下面。

坠叶惊离思，听寒螀夜泣，乱雨潇潇。

落叶的声音敲打起我的思念，寒蝉在夜里轻轻抽泣，纷乱的雨，淅淅沥沥！

秋叶坠落之声，把走神的女人弄醒，她听着寒蝉和乱雨在屋外如诉如泣。

“螀”，蝉也，秋天出世，个儿小，读 jiāng。

潇潇，象声词，最早有《楚辞》中的“秋风兮萧萧”，后有荆轲的“风萧萧兮易水寒”。“离思”的“思”在此处是名词，要读去声，像越剧里的发音吧？

凤钗半脱云鬓，窗影烛光摇。

发卡松脱，半挂在长发上，我望着烛光晃动的窗上自己的影儿发呆。

无心再整晚妆的思妇，发卡半挂在蓬松的头发上，如同她此时，一半在现实世界，一半挂在过去岁月里。听说窗前剪烛象征团聚，这会儿却成了别离的证明。

渐暗竹敲凉，疏萤照晚，两地魂销。

那三三两两的雨滴还在敲响冷夜中的竹子，那零零落落的萤火虫还在打着小灯笼互相探访，秋夜的雨啊，天各一方，落魂失魄。

此句来了个时间推移，读起来有风歇雨缓的感觉。残雨在竹林上敲打出阵阵凉意，萤火虫也出现了，一只两只三只四只，这女子想那男人也想得快傻了。

“渐”，宋代的口语，正、正是的意思，常常表达叙述的推移。

周邦彦是宫廷诗人出生，极讲雅致，口语用得很节制，李清照等完全使用当时生活中的语言，是口语派。“两地魂销”系用典，江安《别赋》中有“黯然销魂者，唯别而已也”句。

迢迢，问音信，道径底花阴，时认鸣镳。

那情境变得越来越远，我打听过他的消息，在路旁，在花间，没听见过他达达的马蹄。

“迢迢”二字，可将意象随意拉远随意拉近，想男人想得糊涂了，过去未来、外地家乡都搅乱了好混在一起继续想。那个男人从不写信，只得瞎想他的音讯。

“镳”，读 biāo，马具，与衔合用，衔在口内，镳在口旁，鸣镳，就是马嘶。看来，这个女子对那个男人的行走信息很熟悉。

“底”字也是当时的口语，“里”的意思。

也拟临朱户，叹因郎憔悴，羞见郎招。

我也曾打算去他家那豪宅前晃悠，因那个家伙使我憔悴成了这个丑样，反倒怕他招呼我呢！

现在很多男人泡妞只留 QQ，绝不会留地址电话，怕的就是对方找上门。这女的也想过要这么干，但最终熬住了。现在的女人最好不要去吃这棵回头草，否则别人还以为你要讹诈他。

但词中这个女子还是可以去找周邦彦的，老周如此多情，很高兴能重温旧梦，只不过他可能还在什么地方拈花惹草呢。此处也用了典，元稹《会真记》里莺莺的诗“不为旁人羞不起，为郎憔悴却羞郎”。古代这些女子，都被男人们折腾成了幽怨高手。

旧巢更有新燕，杨柳拂河桥。

他那旧窝怕是住进了新的燕子吧，他家河边的杨柳正在桥上抚摸着时光啊。

时间再次推移，杨柳、燕子都出现了，旧年的燕巢里会飞进新燕，远逝的坏男人是否又有了新欢，他家的别墅想必住进了新的女人？从去年秋天，痴心妄想到了今年春天，思念长久，但杨柳有意，河水无情。燕子在唐诗里很多，就不赘言。

但满目京尘，东风竟日吹露桃。

我眼前却只见京城方向来的沙尘暴，借着东风整天吹弄着命薄的桃花。

此处用典严重，陆机《为顾彦先赠妇》中："京洛多风尘，素衣化为缁。"

李义山《嘲桃》："无赖夭桃面，平时露井东。春风为开了，却拟笑春风。"

露井，没有盖子的水井。贺知章的《望人家桃李花》有"桃李从来露井傍"。有后世或以"露井桃"暗喻承宠歌女。王昌龄《春宫曲》："昨夜风开露井桃，未央前殿月轮高。平阳歌舞新承宠，帘外春寒赐锦袍。”

从用典看，京城一带“风尘”“桃花”不少，仿佛在表示不为“风尘”和“桃花”所动。但这是作者在结尾表白，还是女子的痴爱到底？在我看来毫无追究的必要。诗句本身很美，才是诗歌最重要的。

还是王国维，他又考证了。他说，周邦彦的词虽然现在已不能歌唱，但读起来仍然清浊抑扬，其音韵之美，两宋之间，他是第一人。好吧，老王，你说啥都是真理，我们听着呗。

念奴娇

宋江

每一位良家女灵魂中都曾游走过荡妇的脚印，
每一个小民百姓内心都曾徘徊过英雄的狂想。
心理上的造反，在任何社会，
都是普通人最大的精神干瘾。

强盗的风流自与常人不一样

他曾是威名远扬的黑社会老大

1119 年的农历十二月，宋江和他的三十六个结拜兄弟，在京东东路的黄河以北辖区竖起了杏黄旗，北宋政府急令京东东路、京东西路的大宋提刑官前去捉拿这帮反社会分子。但由于宋江“其才过人”，加上手下三十六个社会上的大哥级人物都是杀人如麻的好汉，所以政府的办案人员被收拾得很惨，政府军碰了一鼻子灰，宋江反而威名远扬。此后宋江转战于山东、河北一带，不断扩大队伍，在数万官军的围剿中，打出了威风，打出了品牌，“官军莫敢撄其锋”。

一年以后，政府才明白，这伙人不是一般的强盗，宋徽宗赵佶命令文武双全的歙州知州曾孝蕴率军往讨，这表明官兵的围剿升级。宋江也与官军展开游击战争，1121 年的年初，率军攻打沂州（今临沂），农历二月，宋江掉头南下，攻打淮阳军（今江苏邳州西南），又用突然袭击的方式攻下了楚州（今江苏淮安），最后进入海州（今江苏连云港西南）境内。

在宋江造反的同时，浙江起义首领方腊，也率义军连破处州、秀州（均属浙江），其攻势凌厉，使北宋王朝十分惊恐。方腊坐地造反，建立根据地，发展有序；宋江穿州破府，影响极坏，且游刃有余。朝廷只得拟定了招、剿兼施的两手作战计划。

宋徽宗下诏给刚刚以徽猷阁待制出任海州知州的张叔夜，叫他伺机对实力较小但影响恶劣的宋江进行招降。

海州之战，宋江遇伏，副手吴加亮（小说《水浒传》中吴用原型）被俘。宋江见大势已去，率部接受了招安。接受招安以后，《续资治通鉴长编》《通鉴长编纪事本末》《皇宋十朝纲要》等都记载宋江随官兵参与了镇压方腊起义。但 1939 年出土了《宋故武功大夫、河东第二将折公（可存）墓志铭》，这就是史学界都知道的《折可存墓志铭》。墓志铭中记载墓主人折可存是在征方腊胜利后才抓住宋江的，所以有人认为方腊起义被童贯镇压后，宋江又一次起兵反宋。1122 年，起义最终被折可存率兵镇压。也就是说，宋江是否征了方腊，被出土的折可存墓志铭搞得疑窦丛生，至今没有定论。

心理上的造反，在任何社会，都是普通人最大的干瘾

宋江一拨人造反，基本上属于激情犯罪。但史书上的宋江勇猛狂悍，每战必身先士卒，和小说《水浒传》中描写的人物形象非常不同，元代陈泰在《所安遗集·江南曲序》中说："宋之为人，勇悍狂侠"。

但是我相信，正史的简单描写通常会使我们看不到有血有肉的历史事实，看不到一个宋朝人的激情和徘徊。

每一位良家女灵魂中都曾游走过荡妇的脚印，每一个小民百姓内心都曾徘徊过英雄的狂想。心理上的造反，在任何社会，都是普通人最大的精神干瘾。

北宋时期，已经非常流行关于市井无赖的说书故事，主角大都是些豪爽义气、狡诈残暴的无法无天之徒。而说书是

宋代最大的传媒形式，我相信宋朝人精神的秘密尽在其中。

《全宋词》里，署名宋江的两首词，水平不错，又极其符合宋江的性格与经历，说不是他写的，倒还真没证据和理由。如果偏要说是宋代说书人代写，那也说明这正是宋江之流有反骨的下层知识分子们写的。

两宋时期，识文断句者，均喜吟诗填词，要证明不是宋江所写，恰好是相当无趣的。何况，本人认为，文学本身也是一种过精神干瘾的东西，绝对应该轻考证、重性情。

历史上大多数的造反者常常开始只是一时意气，事情弄大了，会变得很痛快，然后是不得不为，再然后是骑虎难下，得意时想把皇帝拉下宝座，自己来坐，失势时盼望招安，只想混个平凡日子，风险大的事业莫不如此。

这首词，充满了社会闲杂（或社会贤达）的胸怀和口气，这样的心机和情怀，与狂野书生的投笔从戎、细民百姓的剑仙侠客等梦想是完全靠不上谱的。

一个有理想有性格再加上有点能力的人，不管是为民还是为己，常常会被迫选择去豪赌一把。被迫，在社会和人生这样的大赌局里，其赌本就只能是生命。

“天南地北，问乾坤何处，可容狂客”

《念奴娇》

天南地北，问乾坤何处，可容狂客。
借得山东烟水寨，来买凤城春色。
翠袖围香，鲛绡笼玉，一笑千金值。
神仙体态，薄幸如何销得。

回想芦叶滩头，蓼花汀畔，皓月空凝碧。
六六雁行连八九，只待金鸡消息。
义胆包天，忠肝盖地，四海无人识。
闲愁万种，醉乡一夜头白。

“念奴”是唐代天宝年间一位著名歌姬的名字，玄宗皇帝每年年底举办的辞岁活动很盛大热闹，时间一长，很多客人就喧哗吵闹，乐队根本无法演奏下去，玄宗皇帝只得祭出他的秘密武器，叫高力士领出念奴来压场子。“飞上九天歌一声，二十五郎吹管逐”，元稹《连昌宫词》里描绘了她的天才劲儿，她的歌声在太空翱翔，其他器乐只能在地平线一带追逐。据说皇帝每次外出游乐，都让她暗中随行，她很妖丽，只要她一转动歌喉，声音就如同出于朝霞之上。念奴娇曲牌名即出自于此，又名《百字令》《酹江月》《大江东去》《壶中天》《湘月》等。

天南地北，问乾坤何处，可容狂客。

极目远眺，还真想问问，这世上有哪个地方，能容纳像我这样狂妄的爷们儿。

“乾坤”也是天地的意思。起句就暴露出了宋江一伙的流寇性质，并流露出了他近年的窘况。宋江起义主要涉及的地域在太行山东部及江苏北部一带，“横行河朔，转略十郡”，很长时间没有固定的根据地。

“狂”，是中国传统文化中常常被忽略的另一类，儒家讲中庸，只有反传统反正统的人物才彰显他的“狂”，这一类的祖先应该是庄子、楚狂、李白等，但宋江用“狂客”，“客”字是重点，过客也，点出了他暴民身份是暂时性的，语气上显得比他的前辈谦虚，也很妥帖。这显示，宋江确实是一个搞政治的料。中国古代，造反用道家、治国用佛儒，是一个公开的秘密。

正统之外的一个狂客，傲慢而又稳重，其反叛气质是内敛的，也是有来路的，这是宋朝，一个大时代里一位造反知识分子的心机。

借得山东烟水寨，来买凤城春色。

我凭着在山东水浒暂时折腾的一个（造反）项目，来京城消费这美好的人间春光。

宋江起义后，经历了政府军的多次围追堵截，其间，建立了梁山水寨，并经历了多次的反官军围剿。“借得山东烟水寨”一句，很举重若轻，也很装。“借得”系宋人惯常口语，文学作品中的宋江，开口闭口都是“权居水泊”“权且”“借”等，表达了他对目前状态秉持的一种“暂时”的态度：梁山水泊我只是暂时借用一下，今后是要还给政府的。低姿态是这个狂客的一贯态度，骨子里真狂才有这样的姿态。

“凤城”指京城汴梁，传说秦穆公的女儿善于吹箫，招来凤凰落入京城，因此京城也称为凤城。

如此谦虚的哥哥来买京城的春色，一副大买家的洒脱，随意装出来，目的是要镇住一位有名的女子。

翠袖围香，鲛绡笼玉，一笑千金值。

有这样的一位人儿，一双翠袖裹着的香手，还有轻纱映衬软玉样的皮肤，她随便笑一下，那就价值连城。

《水浒传》第七十二回，《柴进簪花入禁院，李逵元夜闹东京》写宋江等人装成良民穿着休闲服进京，在茶楼里向茶博士打探李师师："莫不是和今上打得热的？"茶博士道："不可高声，耳目觉近。"看来汴梁的茶博士和现今北京的出租车司机一样，对领导和明星歌后们的饮食起居也非常清楚。宋江于是先派出了梁山帅哥燕青将名妓的代理人李妈妈搞掂，然后集体装成恩客开进会所搞开了政治公关。翠袖、鲛绡等高级面料下面是"香"和"玉"，花了大价钱，立即对李师师的身体进行肉麻的吹捧，这帮人歌功颂德的程序掌握得很紧凑，搁现在，也不是一般的贪官和暴发户拿捏得稳当的。

神仙体态，薄幸如何销得。

她那仙女般的身子骨，没心没肺的冤家是不配消受的啊。

"薄幸"，薄情、负心之意，有时也反用，如同女子叫自己的情人为"冤家"，杜牧《遣怀》诗："十年一觉扬州梦，赢得青楼薄幸名。”此处也可当没有福分讲。

马致远《汉宫秋》第四折：“宝殿凉生，夜迢迢六宫人静，对银台一点寒灯。枕席间，临寝处，越显得吾身薄幸。”

侯克中的《醉花阴》套曲：“第一才郎，俺行失信行；第二佳人，自古多薄幸。”

强盗把自己装成一个雅士，搞掂一个女人就更容易了。此时的宋江是一个多么可爱的强盗，一位多么风流的强盗。

在宋江心里，官与贼压根就不用区别，甚至是颠倒的

回想芦叶滩头，蓼花汀畔，皓月空凝碧。

再想想我的业务基地，那芦花乱舞的河滩，那红蓼花盛开的岸边何其寂寞，天空用蓝色将透明的月亮粘住，任时光飞逝。

梁山泊在北宋时期是广济河中部的一个湖泊，而广济河上连北宋的都城汴梁，是京东重要的漕运通道。梁山泊距汴梁仅一百公里左右，占据梁山泊，其政治、经济、军事上的

影响是不小的。然而宋江此时笔下，梁山泊却是寂寞的，是一个仿佛让人虚度岁月的荒村野店。芦叶滩头、蓼花汀畔、皓月等都是梁山泊的风景，如《水浒传》书中所写："方圆八百余里，中间是宛子城，蓼儿洼。"

六六雁行连八九，只待金鸡消息。

大雁夏来秋往，飞出了我的岁月，我内心空荡荡，痴心等待着命运的召唤。

"六六"暗指梁山泊中的三十六员"天罡星"，"八九"暗指七十二员"地煞星"，梁山的干部队伍共计一百〇八人。

雁行，飞雁的队列，暗含了一帮兄弟和他一起折腾的意思，这些也是他的本钱，是招安投降的资本。

金鸡消息，古代大赦时举行的一种仪式，在长杆顶上，立一只金鸡，杆前集合罪犯，先击鼓整肃气氛，再宣读官府赦令。此处指盼望听到朝廷招安的消息。

义胆包天，忠肝盖地，四海无人识。

我这样一个真正义气的人，一个喜欢政治的人，在这个社会里是多么孤独。

此句呼应了开头“问乾坤何处，可容狂客”，强化了作者的寂寞，这样的寂寞被宋江夸张为一种大寂寞。其实这正是“狂客”的矛盾面，这是一种入世的寂寞，政治上被边缘化的寂寞。说穿了，这不过是一个政治狂客对当红明星兼政府中介人的摊牌，表明心迹，并动之以情。因为，这首《念奴娇》实际上就是通过李师师向宋徽宗赵佶递上的一份“乞降书”，是一封需要转递的密信。“义胆包天”的背后，宋江也算得上色胆包天了，义胆和色胆在危机公关的过程中相互提携，让我们看见了一个落魄政客的险峻棋路。

闲愁万种，醉乡一夜头白。

烦恼无限啊，奔波的人生，有人在光阴的酒馆里一夜喝白了头。

深怀不被主流社会认可的愁苦，无处诉说，只能借一曲《念奴娇》委婉地表达，并曲折地通过李师师传达到皇帝的耳里。结句很美，使人想起辛弃疾的“倩何人唤取，红巾翠袖，揾英雄泪”“白发宁有种，一一醒时栽”等千古牛句，是真正的豪杰手笔。可谓曲终奏雅，绕梁三匝。

《水浒》上写宋江在造反前包养了阎婆惜，尽管是包的新鲜二奶，但宋押司社交繁忙，很少沾她，显得十分木讷，待见到李师师时，他风流多情，却是少见，可评上五星级花花公子。

岳飞的孙子岳珂记载过一事：南宋高宗时，招安了大海盗郑广。这个郑广虽然官大，但由于出身强盗，在单位里混得颇不爽，上班时写了如下一首打油诗给同事们欣赏：

郑广有诗上众官，文武看来总一般。
众官做官却做贼，郑广做贼却做官。

这是一首“贼诗”。宋江的这阙《念奴娇》也是一首贼诗，词中或明写或暗示，字字刻意寄托，很是好玩。

教科书里讲授宋词常有一种惯例：把宋词分成豪放、婉约两派，非此即彼。宋江却在词中一会儿豪放、一会儿婉约，一会儿又豪放，宋江没有和教授们作对的动机，他只是想把其贼性掩饰得花影扑簌、无影无踪。其实，在宋江心里，官与贼压根就不用区别，成王败寇，甚至如郑广所说一般，是颠倒的。

记得《水浒》里写阮小五在造反之前，曾拍着脖子说：“这腔热血，只要卖与识货的！”而宋江的所谓忠肝义胆，四海无人识，却并不真要卖给识货的，而是只要卖给官府。都是交易，这却是宋江（政客）和阮小二（豪杰）之间让人轻声一叹的区别。

卖身、卖灵魂、卖肝胆、卖文、卖思想等，历来都有市场，但不在集市、商城、批发市场撮合，因为上述都属另类交易，无论大宗小宗，一般只在欢场、桑拿（水浒）、酒桌等场所成交，出卖之后的故事有时曲折刺激，有时酣畅淋漓，很过瘾的。

一剪梅

李清照

宋代，“愁”字前面喜欢加上一个“闲”字，
变成“闲愁”之后，
好像宋朝人什么都可以对付，
就是对付不了这个。

美人的抑郁也是一种美

快乐是折腾出来的

李清照十八岁那年嫁人了，丈夫是太学生赵明诚。李、赵两家都是名门，赵明诚的父亲赵挺之是当时政界名流，当过右丞相；李清照的父亲李格非则是齐鲁一带著名学者，做过礼部员外郎，还是大名人苏轼的学生，李清照的母亲又是状元王拱宸的孙女。所以他们的婚姻真是门当户对，作为夫妻，情投意合，作为伴侣，琴瑟和谐。真说得上是北宋一对儿著名的衣冠鸳鸯。

虽说李清照的老家是山东章丘，但她却是在汴京城里长大的。北宋社会繁华奢靡，主流人群吃喝享乐成风，李清照夫妇见多识广，性格开放，观念非常前卫，在游戏人生方面，基本上属于衙内级的。

古往今来，启动时髦潮流的首先是皇宫，皇子和公主们怎么玩，京城和各大城市的官员子女就会很快跟上，从而拉动时尚趋势，但到了中下层，人们就只能玩赝品或者干脆自嗨，古今概不例外。当时最高档的玩法是诗词和收藏，两人玩得可以上纲上线；低档的玩法——比如赌博和酗酒，两人也折腾得水深火热。

没办法，人类有一部分文明成果不是劳动创造出来的，是玩出来的。这对夫妻就是铁证。

有一年的重阳节，李清照写出了她那首后来很著名的《醉花阴》，寄给在外地上班的丈夫，想撒撒娇、调调情。但这首词写得太好了，丈夫赵明诚读了很受刺激，将公务抛诸脑后，自己关在家里，连续三天三夜，奋笔疾书，写出了五十多首作品，然后将李清照的词也混杂在里面，假惺惺地请一哥们儿品评。没想到那哥们儿超级挑剔，反复阅读之后告诉赵明诚说：这么多诗句里面啊，只有三句算得上极品——“莫道不销魂，帘卷西风，人比黄花瘦”。

一个时代真正的主流文学在样式上基本只有一种，比如在唐朝，那就是以律诗和绝句等为代表的诗歌，其他文体都得待远点等候着，它的主人出名了，古风啊、长短句啊、散文随笔啊才能有人传阅；在宋朝，最强势的文体就是新词。李清照用一首词就在玩时髦上把丈夫弄听话了。

然而，李清照毕竟是大家闺秀，具有夫唱妇随的优良传统，她和赵明诚不仅是夫妻、玩伴，还是知音，她陪丈夫玩金石书画可谓尝尽了酸甜苦辣：李清照曾随丈夫在青州生活了十年，在那里他们有个工作室叫“归来堂”，专门用来玩收藏和研究点史学。这期间，赵明诚完成了一部重要的著作《金石录》，其中少不了李清照的大力协助和配合，因为在该书的后序里，有不少文字讲述了夫妻共同考证、玩赏的经历，还说他俩沉迷其中，难以自拔，心甘情愿玩一辈子，二人甚至“意会心谋，目往神受，乐在声色犬马上”。

在青州的那些年，二人生活优裕，在玩中玩出了不少成绩。尤其是李清照，一段时间下来，她工书能文，通晓音律，常常在诗词上觅佳句、捉意象、显风格、出境界，不间歇地意气风发、露才扬己。有感之时，还写了《词论》，提出词“别是一家”之说。她这样随随便便的一部深闺之作，本是自己创作的镜鉴，却一不小心，成了宋代重要的词论。

人什么都可以对付，就是对付不了“闲愁”

词，从发明出来开始，就是用来言情的。其第一要求就是要真，所以说真情是词之骨。李清照之前，很多男性词人装成女性口吻，模拟女子腔调，揣摩女人内心，以男性身份写女人的艳情幽怀，充满了男人们自慰的色彩。李清照则是以女性本位写自己的悲欢，她手段高、文笔巧，喜欢玩真情、说痴语，不扭捏、不病态，轻轻儿地就拿捏住了女性作家们难以把握或不愿把握的书写与多情间的尺寸。所以，千百年来中国女文青没有不心悦诚服她的，各路乱七八糟、自以为是的男性诗人也不得不把她当诗歌一姐看。

当时，作为一位良家妇女，在生活方面，李清照也许确实贪玩过头了。但李清照在创作上，却是既大幅度地放开了天纵之才，又高难度地节制了文辞的表达。她的语言相当浅俗，却绝对清新，明白如话，却绝妙异常，让玩文字的人常常感到难以抵达其境界。

很久很久以前，梅花一直热烈多情，宋代时却开始往清奇孤高的形象变化，到了李清照手头，用梅之名而不写梅花，只写“闲愁”了。

也难怪，“愁”一直在唐宋诗词里到处游荡，成了那些发黄的岁月里人民一直无法对付的一种心理疾病，尤其宋代，“愁”字前面喜欢加上一个“闲”字，变成“闲愁”之后，好像宋朝人什么都可以对付，就是对付不了这个。

人人都有的千古绝唱：“一种相思，两处闲愁”

《一剪梅》

红藕香残玉簟秋，轻解罗裳，独上兰舟。
云中谁寄锦书来，雁字回时，月满西楼。

花自飘零水自流，一种相思，两处闲愁。
此情无计可消除，才下眉头，却上心头。

一剪梅这个词牌名，也有腊梅香、剪半、闻筌篌、玉簟秋、醉中等很多杂名。清朝毛先舒所著《填词名解》中，说是“南宫曲也”，现在通用的说法则是得名于周邦彦词中的“一剪梅花万样娇”，也就是说，后世多以周邦彦的为正体。

红藕香残玉簟秋，轻解罗裳，独上兰舟。

荷花凋零香销，睡席升起凉意，轻轻脱下裙子，悄悄登上小船。

南唐皇帝李璟《浣溪沙》的首句“菡萏香销翠叶残”也描的是秋景，述的是绿色和香味的逝去景象，李清照强调的是红色和香气的残败局面。二李各有千秋，但显然先写的强，皇帝的诗句画面节制、讲究、冷静。李清照显得艳俗，但色彩鲜明，也很符合她的市民生活和年轻气息，悲秋气氛中却仍然有活力。

“红藕”，红色荷花。“玉簟”（diàn，去声），做得比较讲究的竹席。夏日去了秋天来了，多愁善感之人此时有点儿感受到了生活中升起的些许凉意。她脱下高级裙子，换上休闲装，登上小船儿玩去了。热爱生活就耐不住寂寞，三两个动作一气呵成——就解闷儿去了。

“罗裳”，丝绸的裙子。“兰舟”，即木兰舟，船的美称。这里用“罗裳”和“兰舟”，虽有继承屈原等前辈用形容词的写作传统之嫌，但我相信，李清照的服装和玩具（用具）是讲究的。

黄升在《花庵词选》中将这首词题作“别愁”，意思是说赵明诚出外求学后，李清照抒写她思念丈夫的心情。元代伊世珍的《琅嬛记》卷中对这首词的创作背景有过一段记载:“易安结缡未久，明诚即负笈远游，易安殊不忍别，觅锦帕，书《一剪梅》词以送之。”此说猜测程度太大，没有必要，属过度考证。

诗歌创作的行家里手都知道，借景抒情可以完成任何一种诗人想要完成的抒情作品，而要在作品中去琢磨他具体的书写对象，并不是一种有趣的研究方式。

云中谁寄锦书来，雁字回时，月满西楼。

云朵里有人寄封信给我吗？大雁正往回飞，月儿照遍了西边的楼台。

白居易的《长相思》有“月明人倚楼”句，写的就是月亮朗朗的夜晚思妇凭栏望远的情形，老白用的是“月明”，李清照使的是“月满”，看见空中大雁回飞时，我想象它们捎来了某人的书信。

老白诗中有一人倚楼，李清照则是自己正在明月照满的西楼上被月光照亮。

锦书，锦字回文书，指书信。云中雁来源于飞雁传书的典故，古人写信容易寄信太难，于是人们想象出了古老的品牌快递——飞雁速递。这一句是倒装句，李清照感觉到“闲愁”袭来的时候，天色应该有些晚了，当她希望有快递寄到的时候，月亮已西斜，月光洒满了西楼。

花自飘零水自流，一种相思，两处闲愁。

让花儿凋零、让流水远去，一样的思念，两处的人啊同样寂寞。

青春它住在花朵里悄悄凋残；光阴它载着流水的故事默默流远。

“自”字，是宋朝人最无可奈何的一个口语化感叹词。李清照连用了两次，一叹红颜易老，二叹人生寂寞，人性的弱点在李清照词中是可以夸大的，她感受到寂寞就很寂寞，她也可以随时想要有人来和自己共享这逝去的青春。不过，李清照的“闲愁”还是很节制的，她想象另一处、另一个人也和她一样，这个人可以是她丈夫，也可以是她虚拟的另一粒闲愁。

此情无计可消除，才下眉头，却上心头。

孤独寂寞啊挥之不去，我才把它从眉头上赶走，它又落在了我心间。

皱着的眉头才打开，人却没有高兴起来，因为那个叫“相思”或者叫“闲愁”的东西又“唉”地一下落到了心里，像一声风中的叹息。

眉间、心上，很生活化；才下、却上，很浅俗清新，全词收手很不一般，没真正才气做不到这一点。李煜的《相见欢》中“剪不断，理还乱，是离愁，别是一般滋味在心头”，与李清照这一句属兄妹意境，异曲同工，但技巧上明显被超越了。

“轻解罗裳，独上兰舟”“一种相思，两处闲愁”“才下眉头，却上心头”，全是对偶句啊，浅白易懂，朗朗上口，比现实中的恋爱和谐，比现实中的孤独抒情。

我敢保证，李清照用的是宋朝的大白话，抒的是宋朝的普通情，写出来的却是千古绝唱。

武陵春

李清照

古代的女人，生活在大自然中间，
她们看见，草木一春，就是人生一世，
春日的鲜花，就是女人的青春。
李清照这样多情的女人，这样自恋的女人，
不写花，不天天以花自喻才怪了。

闲的滋味

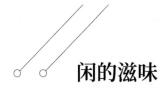

春天是慢慢长出来的，春意是慢慢浓起来的

李清照有一首词牌名为《念奴娇》的，开头是这样：

萧条庭院，又斜风细雨，重门须闭。
宠柳娇花寒食近，种种恼人天气。
险韵诗成，扶头酒醒，别是闲滋味。

这样的景和情，差不多就是宋朝市民抑郁症群体的共同状况，用的也是这个群体的招牌语言。但其中“险韵诗成，扶头酒醒”这一句一下吸引了我。

李清照写过很多诗，在语言上追求险峻、挑战诗句难度是她的风格。“险韵诗成”说明了她的口语诗词不是随便写出来的，它们是和宋代美学、宋代社会语言艰苦斗争的成果；“扶头酒醒”，则可以看出来她喜欢和烈性酒折腾——北宋时酿酒业出现了蒸馏技术，我们现在所谓的白酒开始出现，这是烈酒，一开始还比较稀缺，这样的酒只在宫中和少数权贵中间流行，但从北宋末年到南宋时期，这一技术迅速发展到民间，白酒开始在社会上流行。

上大学时，我和万夏、马松等一帮初出茅庐写诗的朋友经常啸聚路边酒馆，年轻、缺钱，曾长期喝六七毛钱一斤的“红薯酒”“玉米酒”之类，这东西，说穿了，其实就是价廉性烈的烧酒，“扶头酒”“上头酒”“缠头酒”等都是这东西。李清照也好这口，作为女人，算是贪杯的了。

随便看看她的一些词句：“东篱把酒黄昏后，有暗香盈袖”“沉醉不知归路，兴尽晚回舟，误入藕花深处”“三杯两盏淡酒，怎敌他，晚来风急……满地黄花堆积，憔悴损，如今有谁堪摘？”“年年雪里，常插梅花醉”等等，酒与花的搭配在李清照的词中比比皆是。人家欧阳修是“泪眼问花”，她是“醉眼赏花”，这样的字词看起来属于不良搭配。

但是，**古人们都知道：春天是慢慢长出来的，春意是慢慢浓起来的，光阴也是慢慢来到眼前的，终于有一天，春光浓郁，物事斑斓，花朵盛开——但是，来不及看清，也无法把握，一切就又倏忽而逝。**

古代的女人，生活在大自然中间，在漫长的时间里，不止一次看见春来秋往。她们看见，草木一春，就是人生一世，春日的鲜花，就是女人的青春。李清照这样多情的女人，这样自恋的女人，不写花，不天天以花自喻才怪了。

中年以后，李清照越发沉浸在酒色之中——当然，色是她自己，是她对自己的热爱和无可奈何的叹息。大约是宋高宗绍兴五年，也即 1135 年，李清照五十二三岁了，国破家亡她已亲历，财物失散她已领教，流离无依正在身受。

有一天，她仍然和很多寂寞的时候一样，又一次写下了一首和春光和花儿有关的小词。

每一个女子心里都住着一个小女孩

《武陵春》

风住尘香花已尽，日晚倦梳头。

物是人非事事休，欲语泪先流。

闻说双溪春尚好，也拟泛轻舟。
只恐双溪舴艋舟，载不动许多愁。

武陵春，词牌名，又名花想容，分别源自陶渊明《桃花源记》和李白诗《清平调》。此词牌多以毛滂词为正体，正体双调四十八字，上下片各四句三平韵；以李清照词为其变体，此变体下片末句添一字，双调四十九字，上下阕亦四句三平韵。

风住尘香花已尽，日晚倦梳头。

春风过后大地散香，花儿们回归了尘土，白昼过去了，美人还无心梳妆打扮。

这是一首代言体的小词，类似戏剧中穿插的一段唱词。角色出场自说自话，先景后情，情景互动，直接说出自我的当前形象。

首句写风静之后花埋泥土，尘埃中还有花香的外部风景；第二句是一个颓废的女人放弃梳妆打扮的室内景象。陆游的《卜算子·咏梅》中“零落成泥碾作尘，只有香如故”，说的就是断桥边那枝曾经“一任群芳妒”的红梅的最终结局。李清照已知天命，知道美人的结局也不过如此。

物是人非事事休，欲语泪先流。

天地还是原来的天地，人却不是以前的人了，万事不可逆转，想说点什么，还是先让眼泪来说吧。

1127 年，即李清照四十四岁那年，金兵南下，大宋政府屡战屡败，一路上丢盔弃甲，李清照夫妇追随官军的脚印南逃，一路上颠沛流离，财物散落。1129 年，从青州押运十五车文物藏品的李清照与丈夫会合后得知，身为江宁知府守土有责的丈夫赵明诚在兵乱中丢下守城将士缒城逃跑，被朝廷问责，要调往湖州。二人路经项羽当年自刭的乌江时，李清照写下了著名的《夏日绝句》：

生当作人杰，
死亦为鬼雄。
至今思项羽，
不肯过江东。

于是夫妻间有了隔阂，年底，赵明诚抑郁而逝。

为保护夫妻二人最后的财产、书籍和收藏，李清照顾不得颜面四处投奔，财物一路散落殆尽。后来还被谋财者骗婚，骗婚者发现李清照原来什么都没有，便开始对她辱骂和拳脚相向。在北宋时期妇女离婚、再嫁还是正常现象，只是妻告夫是要判刑坐牢的，但她还是坚持离婚了。年近五十还经历了骗婚和牢狱，对李清照这样的名门闺秀来说，算是非常悲催的了。

由于她经历坎坷，所以她是特别有资格唠叨往事的，可她只提了“物是人非”四个字就让眼泪夺眶而出，因为这四个字包含的内容太重，差不多国败家变、个人的人生变局都在其中，所以眼泪才比语言出来得更勤奋。

曾经志同道合的人们早已消失，仿佛一同开放的花儿刚被雨打风吹去，曾经满目芳菲，何等的惊艳，如今空余枝头，唯有寂寞。物是人非，万念皆休，全因人生的重大变故，寂然满目时，才发现曾经春意盎然的人生已真正远去。

闻说双溪春尚好，也拟泛轻舟。

有人告诉我双溪那边花儿尚好，也想过要去划船沿河看花。

联想到李清照的身世和年龄，她应该很成熟稳重了，但只是听说有个地方还有花开，她就产生了去游玩的念头。是啊，每一个女性心里都永远驻守着一个小女孩。不过，这一句只是闲句，但闲句不闲，它在全诗中起着最重要的过渡作用。

只恐双溪舴艋舟，载不动许多愁。

但害怕河上那小小的船儿，载不动人生的哀愁。

通过上一句的“闻说”“也拟”转到“只恐”，三个虚字，逐一推出了一个成熟女人的人生观：哪怕近处还有春光，哪怕远方的春天年年都还会回来，但我的那个世界已经逝去，我自己的那个春天已经永不回头。

这三个虚字是下片写作手法的重点，辗转传递，举重若轻。喔，上片开头“风住”二字，有某种对“过去”的巧妙的暗示，也有某种对“当前”引领性的打开，像是某种设计中的开关，用得很巧妙，而且很干净。

这首词首先还是写了花，后面还写了春，却看不出李清照喝了酒。但我相信她是喝了酒的，至少前一晚喝了不少的深夜酒，在第二天才露出酒醉的痕迹：感叹、厌倦等信息。总之，酒后抑郁自闭，根本不愿出门，心中千言万语，根本不愿多说。

菩萨蛮

陈克

北宋时期全民嗜赌，
知识分子最爱赌什么呢？
当然是政治和军事这一块，
大道理是建功立业、以天下为己任等，
小道理是封妻荫子、爱拼才会赢之类。

“绿芜墙绕青苔院，中庭日淡芭蕉卷”

宁为玉碎，不为瓦全

陈克生于1081年，字子高，号赤诚居士，浙江临海人，他的父亲和伯父都是进士出身。陈克年轻时随做官的父亲游学四方，见识颇广，他伯父陈贻范还是著名的大藏书家，家世熏陶，也让他的知识储备很丰富。但他生逢乱世，国家间的战乱和人世间的疾苦似乎时时都要把他从诗书闲适之中引向他该赴的命运。

《宋史·岳飞传》中有这样一个小故事：南宋权臣刘光世、张浚二人矛盾深重。刘光世在统兵打仗的过程中非常喜欢招降纳叛，以扩大自己的实力，张浚向皇帝打报告，要求罢免刘光世的兵权，并请求派刘的旧部王德、郦琼为正副帅、朝廷文官吕祉为监军前往淮西管理刘光世旧部。高宗拿不定主意，召来岳飞与张浚一同开会讨论。岳飞说：“王德与郦琼一直平起平坐，一旦王德管郦琼，二人肯定出现争执，吕祉不懂军事，那些老兵痞子们多半会不服从他管辖。”张浚于是问：“那张宣抚去如何？”岳飞回答：“张宣抚性子急且缺少谋略，郦琼更不会服从他的管辖。”张浚冷笑道：“就知道非岳太尉（岳飞有殿前都指挥使职务，此职务宋时即俗称太尉）你去不可。”岳飞正色道：“张都督以国家大事问我，我只得直呈所见，我什么时候想抓这支军队了？”

但是，一个普通读书人兼军事爱好者的命运就在这个故事后面上演了：吕祉被任命为兵部尚书，被派往前方统领刘光世旧部，他在组建新班子时，征召了曾经著有军事专著《东南防守便利》的陈克为参谋，陈克将家眷安置在后方，然后只身投笔从戎，一个人骑着马找到了部队。

但是，在他随部队北上的中途，岳飞所预言的情形果然发生了：刘光世的心腹部下郦琼本来只管辖五千军队，但在他和他的叛军的带动之下，竟有四万多人参与叛乱，郦琼逮捕了朝廷派来的官员，将新到的领导吕祉当众拔掉牙齿割掉头颅，并绑住陈克，要陈克参与他们投靠金国在中原扶持的汉奸政权齐。陈克在临刑前说他是宋臣，从小学的是要忠诚要守信誉，如今也只有选择“宁为玉碎，不为瓦全”。他最终被叛军架起柴火烧死。据说，死之前他一直不停地在大骂郦琼，声音很洪亮。那一年为 1137 年。

中国古代的知识分子每遇人生的紧要关口或生死关节，比如坐牢和杀头之时，常常会赋诗一首，有的是嘲骂敌人愚蠢丑陋，有的是慨叹生命美好令人流连。陈克临死没有赋诗而是痛骂，那是因为当时的具体情况不允许。

总之，临死赋诗，是中国特有的优良文化传统，相当地酷，但不知现在监狱里的囚犯还有没有什么好汉继承这一传统？当然，也包括面临重罪或死刑的贪官们。官在古代就是士，而士是以学养为其基础的，审判前或临刑前冷静一下，赋诗一首，痛骂你的敌人，或是抒发一下生命感慨，总比哭鼻子、检举揭发强，总比写忏悔书乞求饶命要过瘾些吧。

宋朝的知识分子不可小觑，他们平时是习文修武两不误，太平时应试做官，战乱时戎装上阵，很多人能审时度势、抓住机遇，哪怕他们已年过半百，关键时候还敢于立马选择自己曾经有过的人生理想，而且，有些情形看上去像是赌博。是的，我认为可以这么说——北宋时期全民嗜赌，知识分子最爱赌什么呢？当然是政治和军事这一块，大道理上是建功立业、以天下为己任等，小道理是封妻荫子、爱拼才会赢之类。

陈克因刚从军就被杀死，不能推断出如果没被杀，他在乱世是否会成为一个好军人，是否会建功立业、封妻荫子，但有一点可以肯定，那就是，陈克写过军事专著，并对南方防务提出过系统化的理论。至少，他是一位军事理论家，或者，作为一个军事爱好者，他的主要著作是研究防务，说明他对和平生活是相当热爱的，并且是有深刻理解的。

人生之美，不就是那一次淡淡的春梦么

《菩萨蛮》

绿芜墙绕青苔院，中庭日淡芭蕉卷。
蝴蝶上阶飞，烘帘自在垂。

玉钩双语燕，宝甃杨花转。
几处簸钱声，绿窗春睡轻。

菩萨蛮，唐教坊曲名，曲调可能是波斯输入的舞曲，是词调里面最古老的了，属小令一类。据载，唐宣宗大中年

间，西域某国派遣使团访唐，该国舞蹈队的女演员们披珠宝，戴金冠，发髻高耸，让大唐官员们感受到了菩萨的模样，大唐文艺单位——教坊就因此制作了《菩萨蛮曲》，后来就成了词牌名。这个词牌后来产生的名作最多。

绿芜墙绕青苔院，中庭日淡芭蕉卷。

绿茸茸的围墙环抱青苔小院，淡雅的日光把院中芭蕉叶儿照得卷缩。

陈克的诗、词都很优美，笔墨婉雅、意境温和，很多选家认为他是晚唐温庭筠、李商隐的传承。尤其这首词，一直受到历代词话家的称誉。爬满绿草的院墙环绕着一个长着青苔的小院，院子中央光线柔和、芭蕉卷曲，一个春日中午时光，一个安静平和的风景，没有多余的需要描述。

蝴蝶上阶飞，烘帘自在垂。

蝴蝶来了，在台阶上翻飞，冬日的暖帘还不为春风所动。

“烘帘”，暖帘。上片写芭蕉用了“卷”字，此句写幕帘的下垂用了“自在”一词，还是一个安静平和的景象，蝴蝶的飞是静的陪衬，这是一个特写：春日庭院好生寂寞！

撇开宋词豪放、婉约的传统说法，那么，在柳永、辛弃疾等重口味之外，我们还应该注意淡口味一类，这类诗词，没准更加养生养性。

玉钩双语燕，宝甃杨花转。

白玉帘钩上一对燕子在说话，水井的边上杨花们环绕着跳舞。

所谓动静结合，在此词里体现的是动渲染了静，像田园牧歌一般，很梦幻。

“宝甃”，井壁。

几处簸钱声，绿窗春睡轻。

村里传来几处赌博的声音，院中绿色的窗帘里有人在小睡。

春眠春晓，题材平常，但它景细情深，令人淡淡地久久地喜爱。院外不知何处传来女孩们玩游戏的声音，绿窗里有人正在浅睡。

“簸钱”，掷钱定输赢，宋代流行的赌博游戏，男女老幼都喜欢玩，此游戏为女子常玩。《开元天宝遗事》卷上记载："内庭嫔妃，每至春时，各于禁中结伴三人至五人，掷金钱为戏，盖孤闷无所遣也。"王建《宫词》之九十五："春来睡困不梳头，懒逐君王苑北游。暂向玉花阶上坐，簸钱赢得两三筹。"

双燕呢喃，杨花轻转，以动托静，远处传来女孩的"簸钱"声，平添时光的静谧之感。

到结尾，仍然好清淡，这样的意境居然出自于一个军事热爱者之手！

人生之美，不就是在某个地点、某个时刻，那一次淡淡的春梦么？

水龙吟

辛弃疾

他的语言在将近一千年前，
就已经完全摆脱了羁绊，进入了自由的境界。
其成就、其手段和功夫是很多学究不敢真诚面对的，
而他的作品更是远远地在历史中奔腾耸峙，
颇有不可一世的霸道劲儿。

英雄更有伤心处

一位“圣天子一见三叹息”的人中龙凤

1127 年 4 月，金国俘虏徽宗、钦宗二帝，灭掉了北宋。5 月，康王赵构在南京（今河南商丘）即位，是为高宗，年号建炎，历史上称为南宋。1129 年，高宗逃往临安（今杭州），放弃了淮河一线的抵抗，退守长江。1136 年，岳飞北伐，收复陕西、河南等地。1140 年，岳飞被处死。同年 9 月，宋金达成和议，东以淮水、西以大散关（金陕西宝鸡）为界，相互对峙。1149 年底，金国权臣海陵王完颜亮发动政变自立为帝，重新开始了对南宋的征伐。

1161 年，完颜亮分兵四路大举攻宋。生活在金人占领区的辛弃疾乘机举事，聚集了以家族武装为核心的两千多人，汇入了耿京的反金起义大军。

在这支义军中，辛弃疾的职务是“掌书记”，掌管发号施令的公章，位置很重要。第二年他奉耿京之命率小队人马穿越金宋军事对峙区域，成功与南宋朝廷进行了联络。但在他北返的途中，突然听到了一个不幸的消息：义军总帅耿京被手下叛徒张安国所杀，义军已经四处溃散。为了起义圣火的延续，他当机立断，率领五十多名敢死队员径奔敌营，在酒席上把叛徒张安国生擒带回建康，交给南宋朝廷处决。

洪迈的《稼轩记》中记载了辛弃疾返回南宋在朝堂上亮相的情形：“壮声英概，懦士为之兴起，圣天子一见三叹息。”之后宋高宗任命他做了江阴签判，开始了他在南宋的官员生涯。这一年，他才二十三岁左右。

辛弃疾在金国占领区的济南出生、长大，来到南方后，对南宋朝廷的政治结构欠缺了解，南方的皇帝很想收复北方失地，但又一直秉持太祖的和谐国策，政治上安稳、军事上克制，希望等待重大的胜出机会，这样的政治思路必然导致军事的懦弱。所以辛弃疾在很长时间内不知道南宋想要报仇雪耻却又绝对不敢轻举妄动的实情，因此，他在军事和北伐上的热情洋溢换来的却是回避和冷淡。不过，南宋朝廷对他的政治才干还是很有兴趣的，辛弃疾从政很出色，做官也很顺当。

但光阴似箭、人生短暂，一个人中龙凤正在政治和酒色中被慢慢消磨。辛弃疾心里也渐渐清楚，但又无可奈何。

有一年，辛弃疾游览了赏心亭，颇多感慨，遂有了下面这首著名的抒怀之作。

“倩何人唤取，红巾翠袖，揾英雄泪”

《水龙吟·登建康赏心亭》

楚天千里清秋，水随天去秋无际。
遥岑远目，献愁供恨，玉簪螺髻。
落日楼头，断鸿声里，江南游子。
把吴钩看了，阑干拍遍，无人会，登临意。

休说鲈鱼堪脍，尽西风、季鹰归未？
求田问舍，怕应羞见，刘郎才气。
可惜流年，忧愁风雨，树犹如此！
倩何人唤取，红巾翠袖，揾英雄泪。

《水龙吟》又名《龙吟曲》《庄椿岁》《小楼连苑》，出自李白诗句“笛奏水龙吟”。

这首词大概作于1168至1170年间，辛弃疾在建康通判任上。此时作者在江南生活大概也有八九年了，建康曾是他当初南下时魂牵梦萦的目的地，此次来到赏心亭，登高北眺，几年来的希望和绝望联袂而至，一起涌上了心头。

楚天千里清秋，水随天去秋无际。

楚地辽阔，秋空高远，大江流出天边，秋色奔出视野。

“楚”，原为周代诸侯国，战国时七雄之一，国势强盛时，楚之疆域由现在的湖北、湖南扩展到今河南、安徽、江苏、浙江、江西和重庆等地。此处的楚，则泛指长江中下游一带，是南宋最后的生死之地。辛弃疾开篇写景，天阔、秋冽、水渺，气象肃远。

遥岑远目，献愁供恨，玉簪螺髻。

极目远眺，远山啊，绾着发髻的仕女们，她们托出愁绪、端来恨意。

“岑”，《说文解字》里讲：“山，远而高也”。“目”，望。

此三句顺序应为“远目遥岑，玉簪螺髻，献愁供恨”是一个复合倒装句。

韩愈《送桂州严大夫》诗有“苍苍森八桂，兹地在湘南。江作青罗带，山如碧玉篸”之句（“篸”即簪），是此句用语所出。皮日休《缥缈峰》诗亦有“似将青螺髻，撒在明月中”句。作者移情及物，远处美景传达给词人的不过是“愁”“恨”的心绪。

落日楼头，断鸿声里，江南游子。

夕阳低挂楼台，孤雁悲鸣蓝天，有人流落在江南。

“落日”，让人联想南宋的国势。

“断鸿”，失群的孤雁。夕阳西斜的景象中，天上是失群的孤雁在呼喊，地上是飘零的游子在写诗。

辛弃疾渡江淮归南宋，居江南依故国，满腹心思是要参与宋军，北上收复家乡、光复国土，但南宋统治者的军政运作让很多将军都深感无力和无语，也使辛弃疾觉得他在江南真的成了游子了。显然，此处虽是写景，但无一语不是寓情。

把吴钩看了，阑干拍遍，无人会，登临意。

把宝剑拿出来看了又看，把栏杆拍了又拍，没有人明白游子眺望的内心。

“吴钩”，江南吴地所产的钩形名剑。杜甫《后出塞》诗中就有“少年别有赠，含笑看吴钩”的句子。

“阑干拍遍”，据宋王辟之《渑水燕谈录》记载，一个“与世相龃龉”（与社会不和谐）的刘孟节，他经常登上亭子在栏杆边久久伫立，独自遐想人生世事，一会儿叹气，一会儿自言自语，有时又拍打栏杆，还曾写诗说过“读书误我四十年，几回醉把栏杆拍”。辛弃疾在这里连续用了“看剑”“拍阑干”两个动作描写，引出无人明白的内心情感，英雄气十足，孤独感强烈。

牛人的人生不用求田问舍之富

休说鲈鱼堪脍，尽西风、季鹰归未？

别给我说故乡的美味，秋风又吹向了家乡，那个弃官回家的张季鹰到家了吗？

《礼记》:“脍，春用葱，秋用芥”。《论语》中有对“脍”等食品“不得其酱不食”的记述，先秦之时的生鱼脍当用加葱、芥的酱来调味。秦汉之后，牛、羊等家畜和野兽的脍渐少见，“脍”通常都是鱼脍，但不可与表示用火加工食物的“烩”字混淆。隋炀帝到扬州，吴郡松江的官员献鲈鱼，炀帝说:“所谓金齑玉脍，东南佳味也。”这里专指用鲈鱼做的生鱼片。

“西风”，指秋风，《世说新语·识鉴篇》记载晋朝人张翰（字季鹰）在洛阳做官，有一天见秋风起，突然想到家乡味美的鲈鱼刺身，便辞职弃官回家乡去了。一个人吃了七八年的异乡饭菜，家乡美食往往成为他想念家乡的引子：美味、季节和遥远的家乡前辈，一幅清晰的思乡线路图。

求田问舍，怕应羞见，刘郎才气。

如果买房置地、安居乐业，我害怕去见刘备那样的气质的人。

“求田问舍”，典故，此处说的是牛人的人生不用求田舍之富。《三国志·魏书·陈登传》载：许汜向刘备述说自己去拜见陈登的委屈，他说，陈登对他爱理不理，还让他在床下打地铺睡。刘备回答他：你是有国士之名的人物，现在天下大乱，陈登希望你能忘掉小家，专心于天下大事，可你却向他求田问舍要房产，他当然看不起你。如果是换上了我，我要让你睡在地下室的地上，而我睡百尺高楼之上。

刘备斥责许汜，不是一般的批评，语气激扬，霸气侧漏，辛弃疾称之为“刘郎才气”。谁不怀念家乡？谁不想安居乐业自在快活？但却不能像张翰、许汜一样，在美食和财富的追求上消磨掉了胸中的英雄大志，否则，我辛某人应该羞于见到三国刘备那样的英雄人物。

可惜流年，忧愁风雨，树犹如此。

叹息啊时光如流水，忧郁啊风雨人生，我听到了前人在发问！

张翰思乡辞官，许汜热衷家产，反衬自己虚度光阴的原因，只不过是“可惜流年”。据《世说新语·言语》，东晋名将桓温北伐，经过金城，在路边看见自己过去种的柳树已长到非常粗大，便感叹地说：“木犹如此，人何以堪。”树都快老了，人怎么能一直年轻呢！

这三句像一个压缩包，包含的意思是：此时此刻，我内心实在是想念北方故乡，想吃喝点家乡饭菜，但我确实和张瀚、许汜不一样啊。国事飘摇，时光流逝，北伐无期，而我也在慢慢变老。英雄来到人间是有使命的，如果被闲置，那就只能是等待人老珠黄了。这三句，是全首词的抒发基点。

到这里，作者的以景抒怀的玩法，经过各色人物、景象的铺设演绎和推进已经攀缘到情绪不能不转折的高处，也到了语言不能不调整的绝境。

倩何人唤取，红巾翠袖，揾英雄泪？

唉，让谁去喊一些红红绿绿的美女来，替我这样的爷们儿擦擦眼泪吧！

“倩”，是请求，“揾”(wèn)，揩拭。“红巾翠袖”，指少女的装束，这里就是美女的代名词。在宋代，中上层官员、文人们的游玩酒宴，一般都会有艺妓在旁唱歌、跳舞、陪酒。

这三句是写辛弃疾自我感伤抱负不能实现，世无知已，得不到同情与慰藉。这与上片“无人会、登临意”义近而相呼应，加上“红巾翠袖”与上片“玉簪螺髻”的暗衬，女性色彩与英雄气概互动，全词展现的个人气质得到了高度扣合。

有一种诗意的生活叫“无意不可入，无事不可言”

宋词经苏轼的折腾，纸笔吟唱之间突变，突然开阔起来。苏轼笔下，宋朝的社会和精神出现了新的态势，宋词也出现了豪放广阔、高旷俊逸的景象。现在人们一听豪放，就以为是性格刚刚的、语言粗粗的。这哪跟哪啊，诗歌的本质是自由和创新，苏轼等人不出现，宋词可能就只能沿着晚唐花间的河床往下流，最后干涸。

要知道，那会儿宋朝的知识分子们仍然贪恋享乐和色情，在欢场里和酒桌边把词句极力往细腻和柔媚方向发展，直至后来抗金雪耻成为部分词人的主题，宋词才稍微有了一些疏朗气息，如叶梦得、周敦颐等，但都成就不高。

本来，词在晚唐、五代及宋初大多是酒中宴边娱宾遣兴之作，故有“词为小道、艳科”之说，经柳永到达高峰后，发展成低吟浅唱的靡靡之音本就该是它的正道。但苏轼的出现，拓宽了宋词的河床，之后，李清照和辛弃疾出现了，他二人丰富的学养、天纵的才华，促进了他们在词的领域中进行极富于个人特色的创造，在推进柳、苏成就的同时也突破了柳、苏的范围，开拓了词的更为广阔的天地。

可以说，李清照和辛弃疾是宋词最后的两座高峰，正是他们的努力，宋词才成为和唐诗具有比肩地位的文学体裁。

前人说苏轼是以诗为词，辛弃疾是以文为词，大概是想以此来彰显辛弃疾词的特点，其实是大大掩盖了辛词的特点。辛弃疾在词中不仅大量地使用民间口语，还肆无忌惮地使用叹词、助词等，更高的是，他凌空抓取古代的人事、典籍、诗文来随意使用，稍加剪削而别出境界，将用典的书房变成了诗词的物流仓库。

吴衡照《莲子居词话》说："辛稼轩别开天地，横绝古今，论、孟、诗小序、左氏春秋、南华、离骚、史、汉、世说、选学、李、杜诗，拉杂运用，弥见其笔力之峭。"

可以说，词的语言在辛弃疾身上，更加自由解放，变化无端，不复有规矩存在。他不但改造了"书袋"，改造了语言通道，还把宋词的内容也大大地改造了，加宽了宋词这座伟大文化金字塔的地基；他的词不仅是"无意不可入，无事不可言"，而且是任何"意"和"事"都能表达得自由、充分。

现在，我们远远看去，他的语言在将近一千年前，就已经完全摆脱了羁绊，进入了自由的境界。其成就、其手段和功夫是很多学究不敢真诚面对的，而他的作品更是远远地在历史中奔腾耸峙，颇有不可一世的霸道劲儿。

扬州慢

姜夔

姜夔的生活很是热闹，
在仕途重于一切的社会里，他没有官做，
在经济活跃的都市里，他没有稳定收入，
但奇怪的是，
在朋友圈子里，他始终像个了不起的人物。

怀才有遇，生活无着

为什么人会“怀才有遇，生活无着”

姜夔人长得清秀，性格清高，有的书上说他“人品秀拔、体态清莹”，是一位外貌和内在都很靠谱的俊友。

在漫长的人生岁月里，姜夔也偶尔想过为官，一则可以衣食无忧，二则想真正地干点事情，他想干的不是什么辅佐帝王、开疆拓土之类不太靠谱的大活儿，而是想玩音乐，想把大宋的音乐修理修理，让国家的文化生活上上台阶。姜夔是个修养极好、天赋极高的音乐人，是个有绝活的人。但他的命运却是：浪迹江湖、终身布衣。

虽然姜夔曾北游淮楚，南历潇湘，并且在合肥、湖州和杭州等当时文化比较发达、经济比较繁荣的城市长期居住过，见多识广，但他仿佛是个天生的职业艺人，没有房产和家庭观念，从生到死都没学会从别的方向去获取金钱和地位。他也有不少官大钱多的朋友，这些人都很赏识他、欣赏他，甚至崇拜他，其中一些人还帮助过他，比如曾做过吏部尚书的范成大、曾做过秘书监的杨万里和做过江西、福建安抚使的辛弃疾等。很多人请他喝酒、K 歌、泡妞，请他度曲、撰文、写书法，差不多当时能数得上的名公巨儒都看起来像他的知音。

因此，姜夔的生活很是热闹，他“家无立锥，而一饭未尝无食客”，在仕途重于一切的社会里，他没有官做，在经济活跃的都市里，他没有稳定收入，但奇怪的是，在朋友圈子里，他始终像个了不起的人物。

了不起归了不起，没官做，在宋代，一个读书人就活得不太爽。缺钱，那就是天大的不幸，有性格、性情好，朋友多啊，但好朋友尽都只送一些筛边打网的友谊，多半就管理了他的喝酒娱乐。比如，著名的退休大领导范成大请姜夔赏完梅花后，还模仿前人的洒脱，送了一个叫小红的歌女给姜夔。

姜夔诗《过垂虹》:“自作新词韵最娇，小红低唱我吹箫。

曲终过尽松陵路，回首烟波十四桥。”即描写了此事的快活情景。

四海之内，姜夔的知己者不算少了，但有真正想过把他从贫困现实中解救出来的人吗？有，至少有一人，这个人就是抗金名将张浚之孙张鉴。张鉴资助姜夔十余年，曾提出花钱给姜夔买官，晚年也曾表示要赠送良田山林供其养老。但姜夔实在清高，或许是早已习惯了清贫自守而没有接受。张鉴死后，姜夔竟落得饱受颠沛、贫病而死，可谓是怀才有遇、生活无着的人生代表。

1176 年冬，姜夔 22 岁，怀着浪漫的青春和从书中读来的梦想，自汉阳出发去漫游。途经扬州，那昔日的销金窟、世上最繁华的商业之都，因为金人两次南下，早已破败，举目竟是一片凄凉景象，强烈地刺激了他对生命的思考，他用最深情艳美的辞藻写成了《扬州慢》。

“二十四桥仍在，波心荡，冷月无声”

《扬州慢》

淳熙丙申至日，予过维扬。夜雪初霁，荠麦弥望。

入其城，则四顾萧条，寒水自碧，暮色渐起，戍角悲吟。予怀怆然，感慨今昔，因自度此曲，千岩老人以为有《黍离》之悲也。

淮左名都，竹西佳处，解鞍少驻初程。
过春风十里，尽荠麦青青。
自胡马窥江去后，废池乔木，犹厌言兵。
渐黄昏、清角吹寒，都在空城。

杜郎俊赏，算而今、重到须惊。
纵豆蔻词工，青楼梦好，难赋深情。
二十四桥仍在，波心荡、冷月无声。
念桥边红药，年年知为谁生。

扬州慢，姜夔自度曲。双调，九十八字，上片十句四平韵，下片九句四平韵。前片第四、五句及后片第三句皆上一、下四句法。《词谱》还列有别体二种。

词前的小序对写作时间、地点及写作动因均作了交代：此词的写作时间是宋孝宗淳熙三年（1176）冬至那一天，姜夔路过扬州（维扬是扬州的别称）。

“荠麦”，荠菜和麦子，也有人认为荠麦指野生麦子。

“戍角”，军营的号角。

千岩老人名萧德藻，为当时名宿，将侄女嫁给了作者。

《黍离》出自《诗经·王风》，讲周平王东迁之后，周朝人物经过故都，见宫室长满禾黍而彷徨感慨的场景。

姜夔到达扬州的十五年前，金主海陵王完颜亮举兵南下，占领了扬州，不久金国内乱，海陵王被叛卒所弑，金兵北返。二十几岁的姜夔，在这首词里写出了震古烁今的气概，因此千岩老人称为有“黍离之悲”。

淮左名都，竹西佳处，解鞍少驻初程。

在淮河东边的扬州城里，在扬州城东的竹西亭上，我初来乍到，下马稍停。

“淮左”，宋朝设置淮南东路和淮南西路，东为左，西为右。扬州是淮南东路的治所。

“竹西”，扬州城东禅智寺边的竹西亭，杜牧的《题扬州禅智寺》有“谁知竹西路，歌吹是扬州”句。

扬州是淮左的名城，竹西又是风景名胜，这是初到此地的游客“少驻”的理由，也是古人展开诗意的最佳地点。

过春风十里，尽荠麦青青。

春风吹拂十里扬州，放眼望去，我看到的全是野菜青草。

“春风十里”来自杜牧《赠别》：“娉娉袅袅十三余，豆蔻梢头二月初，春风十里扬州路，卷上珠帘总不如。”而杜牧《扬州》一诗“街垂千步柳，霞映两重城”句里柳树的颜色肯定也是“荠麦青青”的对比、回放。

自胡马窥江去后，废池乔木，犹厌言兵。

自从金国骑兵南逼长江、窥视江南之后，那些荒废的山水树木、亭台池苑，至今都不愿听人说起战争。

宋高宗时金人两次南侵。第一次是 1140 年，也即此词写作的三十六年前，金军分三路南侵，双方交战一年后，宋朝廷解除韩世忠、张俊、岳飞三帅兵权，与金国达成绍兴和约：宋向金称臣；划定淮河——大散关为界，南边属宋，北边归金，宋割地贡银杀岳飞，结束了长达十余年的战争状态，形成了南北对峙的局面。第二次是 1161 年，此词写作的十五年前，金主完颜亮渡过淮河，打算南下灭宋，因内乱，完颜亮死于兵变，金兵北返。“胡马窥江”指的即是这一次，古都扬州在这一次战火中受祸最重。剩下的池台和树木仍“犹厌言兵”，表现了战争对和平生活的深度破坏。“犹厌言兵”四字，是这首词的“诗眼”，是词中所有情、景来去的节点。

渐黄昏、清角吹寒，都在空城。

黄昏来临，军营里凄凉的号角，弥漫扬州整座空城。

“清角”句见词前小序中“暮色渐起，戍角悲吟”，“角”是军营里的号角，古时军中多用以警昏晓，振士气，肃军容，帝王出巡，也用号角报警戒严，是军号的前身。范仲淹的《渔家傲》中有“四面边声连角起”，陆游的《沈园》有“城上斜阳画角哀”等。

不爱打仗的宋朝长期推行修文偃武的政策，长期四处求和，所以其上层文人在文学作品里提到这个“角”，大多都加上了“悲”“清”“哀”等字，让人联想到要么是宋朝官府被别人打怕了，要么是官员们日子太舒坦，压根儿就不要打仗。

杜郎俊赏，算而今、重到须惊。

杜牧才学俊雅、见多识广，料想他今日重游扬州，也会惊叹。

“杜朗”，唐末诗人杜牧，他曾在扬州做官，在扬州留下过很多风流韵事和美词妙句。姜夔这首词，多处化用杜牧诗句，简单一点说，就是把杜牧的诗境，融入自己的词境——但其实没有这么简单，姜夔用词、用句、用情、用景都很考究复杂，他把杜牧的唐代视野朦朦胧胧地拿过来，小片小片地回放昔日扬州的风流繁盛。而姜夔干了什么呢？他在冷静地专注于补白，用“废池乔木”“清角吹寒”“空城”“冷月”等颜料填入，让其产生强烈的历史感。

姜夔最早研习江西诗派，在该诗派“点铁成金”“无一字无来历”等蛮横写作理论中锤炼过一阵子，但后来，他超越了江西诗派的境界，眼光得以放远，看到了晚唐诗歌之美。

这首词是姜夔年轻时的作品，里面晚唐气息浓郁，看来这晚唐的底子救了他，使得语言本身柔弱的他没被淹死在江西诗派的泥淖里，最终超越了流派团伙写作的陷阱，成了宋词里面一个重量级人物。

纵豆蔻词工，青楼梦好，难赋深情。

即使他关于“豆蔻”的描述非常精到，尽管他关于“青楼”的倾诉让人流连，此景也会让他难赋深情。

杜牧《赠别》诗中“娉娉袅袅十三余，豆蔻梢头二月初”，将十三岁多的美少女与二月春枝上的豆蔻并排，以及杜牧的《遣怀》诗中“十年一觉扬州梦，赢得青楼薄幸名”句，将自己在扬州的放浪岁月兜底一句总结掉，显然让姜夔觉得帅呆了。

“豆蔻词工”“青楼梦好”，是对杜牧才华的炫示。但是，纵然他的“豆蔻”“青楼梦”那样酷，纵然他那么牛，此刻此景也会让他无计可施、无言以对。

从上句“重到须惊”到这里“难赋深情”，姜夔将杜牧使唤到了竹西亭的亭顶上了。

二十四桥仍在，波心荡、冷月无声。

二十四桥依然还在眼前，江中的波浪还在那里荡漾，月色凄冷，寂静无声。

沈括《梦溪笔谈》载：扬州在唐代排名第一的繁荣富裕，城内水道纵横，共有二十四座桥；但有的书里则说，二十四桥在扬州西郊，以前叫红药桥，桥边盛产红药，而且还有热闹的芍药花市。

有的书里相当肯定，说二十四桥就是一座桥，古人也常用数字标号称呼某些建筑；还有说法是二十四桥叫吴家砖桥，相传古有二十四个美人在此吹箫，故有此名。

杜牧《寄扬州韩绰判官》诗也有“二十四桥明月夜，玉人何处教吹箫？”句。

姜夔仿佛让杜牧在高处看到了至今犹在的唐朝景物：桥还在河上，水还在桥边荡漾，没有玉人吹箫，明月还在，且冷寂无声。

写到此处，这首词就明确无误地进入了南宋一帮词人所谓的最高境界——清空。一切都在语言的折腾之后被“清空”了，而“清空”之后，诗意就干干净净留在了人的心中。此句之后，姜夔也不用再折腾杜牧了，杜牧消失了，杜牧也被“清空”了。作者只需要再折腾一下自己就好了。

念桥边红药，年年知为谁生。

只是那桥边的红芍药啊，每年都要开花，我想知道它们是为谁开放？

最后一句如果根据绝对“清空”的原理来翻译的话，也可以更简单地译为“它们为了什么要开放呢”。“红药”指红色的芍药花。写到此处，在诗人和读者心中恐怕只有红色的芍药和它们年复一年在桥边开放的景象了。这是“清空”之后剩下的最后物事，但诗意却慢慢多了起来。

南宋唯一词调曲谱传世的杰出音乐家

姜夔的词在中国文学史上有一定的地位，有些批评家把他奉为宋词第一大师，说诗中杜甫、词中姜夔。

1197 年，一直在官员体制外游荡的姜夔还是有点不死心，将多年来对音乐的研究成果编写成《大乐议》和《琴瑟考古图》两卷，托朋友上呈朝廷，但泥牛入海，没有朝廷回复的任何消息，两年后，他又向朝廷呈上了《圣宋饶歌十二章》，差不多是希望匡正一下国家的乐典，但他的这些乐议和乐章直到他去世十来年后，宋理宗才发现是好东西，并下诏将姜夔所进的乐议、乐章交给掌管宗庙礼仪音乐的太常。

姜夔 扬州慢

《白石道人歌曲》是历史上注明了作者的珍谱，也是流传至今的唯一一部带有曲谱的宋代歌集，被视作“音乐史上的稀世珍宝”；他的《大乐议》则完全可以代表宋代民间音乐艺术最高成就，更是为后人留下的一份了解当时音乐状况的珍贵资料。

Postscript

后记

所有的花朵都是好花

在宋朝初期，诗人作出新词，都习惯先交给妻妾或歌姬吟唱。这些咏唱者，喉韵皆从南唐五代传承而来，在漫长的岁月里，从宫廷到民间，美丽的艳词因循守旧地延续着，悄无声息地流行着，春花之摇落啊，秋风之悲歌啊，离别和泪眼啊，制曲者和吟咏者都觉得顺心顺口。从唐末到宋初，从官员到民间文艺爱好者，视词为“诗余”，都顺从传统的莺啼燕喃，很少有人想到要抛弃这样的腔调，更无一人有开一代文体的自信。

晏殊、张先，包括欧阳修等人颇有才华，他们的创作被很多人喜爱，可算是五代“花间词”向宋代新词的良好过渡，但他们那会儿的热情主要还是写诗，写像唐诗一样的诗歌，填词吟咏只不过是为了喝酒娱乐，实在没有人愿意放下诗人的架子变成词人。怪不得后来的文学批评家把这个时期的主要创作——包括大小晏、柳永甚至欧阳修等人的新词大都放进了婉约词一派。

那么，豪放派是什么时候出现的呢？在我个人的视野里，它先是出现在范仲淹的词里，后来出现在欧阳修的文化观念和各种文章中。接下去，王安石来了，他说了一句名言:“古之歌者，皆先有词，后有声。”世上最早唱歌的人，是先有了内容（词）才有声音的，他反对先预设腔调的创作模式，他希望词句自由，打破固定的音律枷锁。

他说得对，事实上，新词中的文字一直依恋音乐但又时时都想离开音乐。声音热爱音律，字词希望独立，诗性向往自由。苏轼在他的院子里日复一日地研墨创作，他爱好广泛，禅宗老庄、历史故国、友情茶酒，这些内容要放开写出来就不能“依声”。苏轼听从自己的天性，常常放开了写，把词当成一种新体诗来创作。这下，他的院子里奇花异木竞相繁荣。他自由随意的写作实验，慢慢解开了士大夫们对于新词的传统死结；尤其是他才华横溢的内容创新，解决了唐诗向宋词过渡的疑难杂症，贵唐诗而贱新词的局面开始出现变化。

众所周知，隋唐时期，在印度、西域文化的传入过程中，其语言和音乐也在漫长的时间里与中原文化交融，人民生活中出现了一种叫“燕乐”的东西。“燕”通“宴”，伴酒的音乐，相当于现在的卡拉OK。这种流淌着新奇之美的娱乐方式使得早已定型的五律、七言等诗体很不好用，它们均衡整齐的诗句跟不上节拍，常常前脚踩后脚，于是长短自由、填词依声的新词开始为人们所喜爱。

新词既对音乐依恋，又不愿完全投入音乐的怀抱。与唐诗相比，它也有了更为复杂的新的结构。

新词的结构分成片或阙，分不了片的叫单调（“单调”的说法就这么来的）。二片的为双调；三片的呢，一个主题玩嗨了，那就叫三叠。如果它们按照音乐走，就会被分成令、引、近、慢几种。“令”短小（早期那些官员诗人很喜欢，他们太忙，这个小东西很适合忙中休闲），“引”中等，“慢”最长。如果按字数，又有“小令”“中调”“长调”之称。但不管什么结构，韵脚必然是音乐停顿之处，很优美，在新词里成了语言舞蹈时与音乐暂停处的拥抱。

后记

宋词的繁荣，与隋代出现、在唐代发展并成熟的燕乐分不开。燕乐是引领者，这是一条明线；但同时也和唐代出现、在宋代形成高峰的散文分不开，这是助推力，是一条暗线。这点，也许只是我个人的见解。

本书选讲范围基本是以成就大的作者为线索，其作品选择则较为随意。如果说有标准，那就是有的作者传世作品太少，只有选它；有的是作者传世作品太多，那就尽量回避太流行的。总之，我希望在这小小的一本书里，让普通读者能够较全面、较真实地了解宋词这一伟大的传统文化。

我还希望通过翻译和全面细读的互相映衬，打开这些作品的每一句，擦亮其中的每一个字，让读者能够仔细感受宋朝社会的细腻美感和宋朝人间的情感心声。

一千多年前，官场老滑头晏殊、艰苦御敌的范仲淹、情场老顽童张先、艳遇宫女的宋祁、快乐洒脱的苏轼、政治强人王安石、大强盗宋江、民间军事爱好者陈克、坎坷美女李清照、敢和皇帝争夺爱情的周邦彦以及秦观、辛弃疾等等，他们分批从天上来到人间，在大宋的土地上播撒语言的种子。诗经、楚辞、汉赋、唐诗的基因被他们重新培育，东方大地上，开出了人世间最绚烂的花朵。

在宋朝，开在前面的梅花最热烈，开得很晚的梅花最清高，海棠、荷花、杏花、牡丹、兰花、水仙们在其间争奇斗艳，视野之外，娇艳的红药最孤独。

在宋朝，所有的诗人都是好诗人，所有的花朵都是好花。

花开花落，星移斗转，千古岁月倏忽而逝，熟睡在花影中的朝代，常常会在我们的阅读中被亘古明月照亮，宋词——那些美丽的语言之花，千百年之后，仍然会被时间之手从月亮那巨大的银盘里摘出来，插在孤独者的窗外，默默开放，溢出淡香。那些伟大的作者们也早已回到天上，住在自己的星宿里，在遥远的银河里回望着岁月，闻着人间的香气。

1985 年，我学写新诗已有好几年，一天，随意读了一些宋词，写下了一首关于宋词的诗歌，现粘贴在下面，作为结束。

苏东坡和他的朋友们

古人宽大的衣袖里
藏着纸、笔和他们的手
他们咳嗽
和七律一样整齐

他们鞠躬
有时著书立说，或者
在江上向后人推出排比句
他们随时都有打拱的可能

古人老是回忆更古的人
常常动手写历史
因为毛笔太软
而不能入木三分
他们就用衣袖捂着嘴笑自己

这些古人很少谈恋爱
娶个叫老婆的东西就行了
爱情从不发生三国鼎立的不幸事件
多数时候去看看山
看看遥远的天
坐一叶扁舟去看短暂的人生

他们这些骑着马
在古代彷徨的知识分子
偶尔也把笔扛到皇帝面前去玩
提成千韵脚的意见
有时采纳了，天下太平
多数时候成了右派的光荣先驱

这些乘坐毛笔大字兜风的学者
这些看风水的老手
提着赋去赤壁把酒
挽着比、兴在杨柳岸徘徊

喝酒或不喝酒时

都容易想到沦陷的边塞

他们慷慨悲歌

唉，这些进士们喝了酒

便开始写诗

他们的长衫也像毛笔

从人生之旅上缓缓涂过

朝廷里他们硬撑着瘦弱的身子骨做人

偶尔也当当县令

多数时候被贬到遥远的地方

写些伤感的宋词

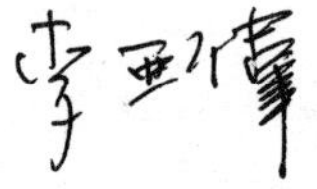

上天给人类大美的机会不会很多，

千八百年才让你像样一次。比如宋词。

这本书在我意料之外

阿来

如何把普通生活过得荡气回肠

岳敏君

六神磊磊

当代最好诗人
对宋词的最好解读

叶开

苏阳

《人间宋词》是一股浸入的清流
与迎面而来的霏霏细雨

叶永青

万晓利

亚伟这本书，俨然好学问

张广天

马条

人间宋词，
它是对宋词世界的一次重新发现

谢有顺

解救李亚伟

李森

我们曾经这样嬉戏，
曾经有这样的美好

胡赳赳

有趣、有韵、有料

赵楚

陈鸿宇

宋

各界名人 联袂推荐

名家推荐

上天给人类大美的机会不会很多，
千八百年才会让你像样一次。
比如宋词。

——阿来

（著名作家）

这本书在我意料之外

春节，一些人在成都聚集。

都是当年在成都写诗，拉帮结伙，把诗歌搞成了运动的人。诗歌运动不是想搞就搞得成的。要有革命性激情的催动，有与时代巨变前的潮涌合拍，同时，还与中心有点疏离。等着风来，搅得风起。这些当年在成都写诗的人星散各地，但每年总有个什么时候，在成都聚在一起，说了许多话，喝了不少酒。席间还会有几个爱那些轰轰烈烈的诗的人，我是其中之一。

“我不一定是他们，但他们都是我。”这是李亚伟诗《我是中国》中的一句。

大家都是从那时候过来的。那时候，信风横吹，语言暴动随处发生。

喝着酒，聊当年的种种喝酒，最终还是聊到了当下，聊到诗和写作。聊到李亚伟前年的作品《河西走廊抒情》，又聊到李亚伟又新写了一本书，即将出版。有人提议我来为这本书写点文字，我就把这件事情应承下来了。

这本书在我意料之外。

原来是一本读宋词的书。他自己读宋词的书，也是能够教人正确读宋词的书。

一本书，说了十六个词人，讲解了十九首词，也就是十九篇文章。每篇文章两个部分。词人与他的时代，或者说，他的人生际遇，这是前一部分；第二部分，才是对一首词旁征博引、鞭辟入里的赏析。内文如此整饬不算，还自己写了前言后记。前言与后记都意在梳理宋词之所以成为宋词，只不过，前言着重于词人与时代的关系，后记更偏向于词这种诗歌体裁的流变与发展。

我用很短的时间读完了这本书，一旦开了头就放不下来了。

读完了，想打电话给《人间宋词》的编辑马松。说，书好，但文章就不要写了。

却又因为读了感觉好，好得不得了，就先写了。想写了再打电话，说不用放在这本书里，但可以作为一篇书评，算是对一本好书的呼应与鼓吹就可以了。

怎么个好呢？

李亚伟自己在书中说："我还希望通过翻译和全面细读的互相映衬，打开这些作品的每一句，擦亮其中的每一个字，让读者能够仔细感受宋朝社会的细腻美感和宋朝人间的情感心声。"

这本书的好，就数这个"打开"句子和"擦亮每一个字"做得最好。

怎么个好？举例就好。

析范仲淹《渔家傲》"千嶂里，长烟落日孤城闭"句：

上来就先说来由，或者是对前人在此题材书写上的继承："这里借用了两个前人的东西：王之涣《凉州词》'一片孤城万仞山'及王维诗句'大漠孤烟直，长河落日圆'。'千嶂里'比'万仞山'要弱，'长烟'也绝对赶不上'孤烟直'，作者在这里有点知识分子气，前贤的身影在心中太重，独创的劲头就有点欠佳，幸好'孤城'之后来了个'闭'字，才算没掉链子。可见，写诗时模仿和借用前人佳句多数时候是费力不讨好的。"

这就是“打开”句子。不好在哪里，可能的好又在哪里。说得再明白不过。但不是想说明白就能说明白的。对用典，要梳理，要比较。这要知识，读书要多要细。这样的学问，大概好些讲诗歌的教授副教授都有。但更重要的，要有敏锐的语感，有写作的体验。李亚伟运用了他的体验，不然，关于所用那个“闭”字的高妙之处，就讲不出来。我也读过些诗话词话或流行的赏析之类，这样的意思，就没见人讲出来过。不是写作经验丰富的诗人讲不出来。诗写不好的诗人也讲不出来。

接下来，他“擦亮”字或词。

“但其实，作者自有其高明之处，‘长’字整合了我们的视觉，延伸了边塞的宽阔感，‘落’和‘孤’整合了我们的感受，来了一把荒凉；接下去的‘孤城闭’，使画面美丽而又危险，至少你会感到当时边境的生态艰危和局势的紧张。 写词挪用前人佳句，也是用典，在宋代最流行，但在我个人的评判里，大都不是好玩的。范先生用一‘闭’字压住结尾，成了！不但算得上名句，还可和他的前辈们的‘偶像句’并驾齐驱。写了一半作者还没出现，范仲淹没有展示自己。他用远景中紧闭的城门把我们关在了诗外。不过，他现在已经告诉了我们，他就在你远眺的那座孤城里。”

“闭”！“孤城闭”！“长烟落日孤城闭”！

如此这般，这个“闭”字被擦亮了！在长河落日中闪闪发光！

要能“打开”和“擦亮”，光知道典的出处，光有诗人的对语言的敏感还不够。这两者之前，还要有一个底子，叫作知人论世。诗是某个人写的，某个人是生活在某个时代的，个人的际遇与那个时代是有着种种奇妙关联的，所有这些，都决定了一个人对诗歌的态度，也决定了他的诗对世界会如何感触，如何表达。在哪里敏感，在哪里麻木。某个人的某首诗（词也是诗），更有彼时彼地的规定情境。通常的古诗文解读，也介绍时代背景和个人生平什么的。但常常说不清跟一个具体的作品如何发生关联，怎么样发生关联。李亚伟在这方面下了功夫。他在每一首词的解读之前，都有三四页文字梳理写作者生平行状。但这不是通常可以编到人物词典或百度百科里那种万用小传。而是侧重和所要解读的那个具体作品的关联。范仲淹这样丰富的人，可写处多了。但他选取的只是“浊酒一杯家万里，燕然未勒归无计”的范仲淹，“白发将军”范仲淹。读了他写的范氏小传，那首《渔家傲》已解开了多半。

这个优点，在写苏东坡和李清照时得到更好的表现。入选本书的宋代词人都是一人一首，苏东坡

和李清照是一人两首。但他没有用一个小传带两首作品。而是分别写了两个小传。不是文学教科书中那种了无生气的简历，而是与所要呈现的作品互相映照，互相生发的诗传。

我的体会，范仲淹以后，此类题材在宋词中还有人接踵而至。

“醉里挑灯看剑，梦回吹角连营”的辛弃疾。

“关河梦断何处，尘暗旧貂裘”的陆游。

李亚伟也说到了，范仲淹在这个领域是开拓性的，把“小词”壮大了，可以恣意书写雄浑的边塞，可以书写金戈铁马中的雄心壮志与更深重的征夫的泪与血了。从而接续上了唐诗的传统。接上了高适，接上了岑参。当然，还接上了王昌龄。

这个接续非常重要。

接续，然后探索，然后发展，然后流变，然后成熟。

写了《初唐诗》和《盛唐诗》的美国人宇文所安说过这样的话：“文学史最重要的作用，在于理解变化中的文学实践，把当时的文学实践作为理解名家的语境。”他还说：“好的文学史总是回到诗作本身，让我们清楚看到诗人笔下那些令人讶异的、优美的、大胆的创造。”

这也是李亚伟这本书又一个好处。

我们看到过的很多这类书的一个最大问题就是：编撰者把不同的诗人和诗作集合在一本书里，却不能把它们看成一支有组织的语言大军。有人是将军，有人是战士。有人是开创一方新天地的先生，还有后继而起的揣着犯上之心的学生。无论如何，是一支前仆后继的队伍在开疆拓土，奋勇前进。

李亚伟这本书不是这种夫子曰，不屑于写百度百科，他从每一朵浪花，每一个漩涡看到一条河，一条日益开阔浩荡的语言的大河。对汉语这条大河来说，对中文这条大河来说，历史、政论、散文、笔记、小说，林林总总，都使其深沉，使其广大，但诗歌，从《诗经》开始，至少到宋词，都是它的中流，它的高音部。

“汉之广矣，不可泳思。”不是《诗经》里从陕西流到湖北的汉水之广，而是汉语河的深与广了。

李亚伟写每一首词，都兼顾到这条大河来处与去处，向来处回溯，向去处展望。比如写苏东坡词时顺手就勾勒了宋词的流变。

“晏殊、张先、欧阳修等人的创作是宋词的第一阶段，可算是五代‘花间’向新词的过渡，但他们基本上还没放下诗人的架子变成词人；柳永虽说和晏殊、张先等是同辈人，但由于他走的是民间路线，在主流社会影响缓慢，其实，他从现实生活入手，

已经开创了词的新格局，为宋词的发展奠定了坚实的基础；之后，苏轼以士大夫面目出现，又把词的地位提到了新的高度。柳、苏二人，算是宋词发展的第二波，而且，由于二人风格迥异，成就高，影响又极大，造就了北宋词坛千姿百态、竞相发展的繁荣局面。

刘熙载《艺概》中说："东坡词颇似老杜诗，以其无意不可入，无事不可言也。"苏轼以文入词、以诗为词等多种艺术探索，实际上解开了宋代文人对于新词的心结，治愈了唐诗向宋词过渡的主要疑难杂症，也揭下了文人们对文学体裁贵贱之忧的面具。他对词的全面改革，推翻了词为'艳科'、词为音乐附属品的传统格局。宋词，终于走在了文学的大道上。"

看多了没有见识的文字，我们应该欢迎这样的文字，就像看惯了没有身世之感、没有家国之感的感时伤怀的冒牌文学，我读李亚伟总题为《红色月月》的十八首诗而感到的鼓舞一样。

他还有很多随处生发的见识也是我喜欢的。比如他说："我一直认为，诗歌没有豪放和婉约之分，只有好与不好之别。"这样的话有很多，例就不再举了，让读者自己去发现。

读完这本即将出版的书，又忍不住翻了他以前

的诗来读。二十岁出头时写的诗，比如《中文系》和《苏东坡和他的朋友们》。年青时，对中文系的教学方法不满，现在，他在这本书里把那些不好的东西纠正过来。解构与建构，正是人精神生活的一体两面，是审美力的提升与扩展。我们要有说什么是“不是”的勇气，更需要说什么是“是”的能力。

哈罗德·布鲁姆在《史诗》一书的前言中说：“我把文学批评的功能多半看作鉴赏……融合分析与评估。”

这本书从始至终，都是这么做的，一边分析，一边评估。从这个意义上看，这也是一种贴骨头贴肉的文学批评。

《人间宋词》，人间百味，随性发声；协律而歌，随情参差。这就是我读到的《人间宋词》。

还得再说一句，是关于本书的选目。选宋江，我有意见。不选陆游，我也有意见。

——岳敏君（著名艺术家）

如何把普通生活过得荡气回肠

李亚伟的《人间宋词》，从“古今人性皆通”的角度解读，说到了语言皆通，他的任性解说，讲出了宋词的来龙去脉，匪夷所思。真是，李亚伟赐予我们与文字相逢的当代认知，把宋词呈现进我们的生活现场，荡气回肠的生活考证和场景还原，让宋朝之美重新出现在我们的普通生活中。李亚伟让我们知道，世界很大，朝代很小，我们更小。

——胡赳赳

（作家、北京宋庄艺术发展基金会首席顾问）

我们曾经这样嬉戏，曾经有这样的美好

平生不敢看宋词，过于锦绣，暗藏亡国之音。然而由当代的诗人李亚伟道来，却是“唤国”之音：我们曾经这样嬉戏，曾经有这样的美好。士大夫和渔樵打成一片，醉翁和冷目的美人互相唱和。在皇权的高压之下，人们逸奔于风俗和欲望。与其说作者是对某种文化高峰的引亢致敬，不如说是他对当下文化粗鄙的黯然神伤。

——叶开

（小说家、语文教育家）

当代最好诗人对宋词的最好解读

千年以来，封印在宋词里的宋朝，先被大学者王国维打开，接着被大诗人李亚伟打开。从“诗余”升级为“宋词”，这其中有什么写作魔法？李亚伟对宋词的精微品读，对词人生涯的细致再现，让读者可以深入苏轼、李清照、辛弃疾的宏大宋词世界，还可以细阅柳永、姜夔的千古名句，宛在宋朝现场。这是当代最好诗人对宋词的最好解读。宋朝已经消逝一千年，宋词还在。

——谢有顺

（批评家、中山大学中文系教授）

人间宋词，
它是对宋词世界的一次重新发现

李亚伟那颗磅礴的诗心，在宋词里找到了一种神秘的回应。他想象宋代精微的美，体悟宋人柔和的心事，并在字词的细读与对话中，发掘埋藏在语言中的人性光辉，并倾听它在现实人间的复杂回声。这部《人间宋词》，感受如此细腻，解析如此独特，表达如此优美，它是对宋词世界的一次重新发现。

李亚伟告诉我，他花六七年时间写了本讲宋词

的书:《人间宋词》。他在后记里说:“在宋朝，所有的诗人都是好诗人，所有的花朵都是好花。开在前面的梅花最热烈，开在后面的梅花最清高。在它们中间，鲜红的芍药最孤独。”唉，世上的好话都让这些有才华的人说完了。

戊戌夏，有顺记。

——叶永青
（著名艺术家，四川美术学院教授）

《人间宋词》是一股浸入的清流与迎面而来的霏霏细雨

大概没有一个诗人不想回到宋朝？

我北京的居室中长久地挂着一件开封籍的画家王倾的作品：残破的城头废墟上，开着几株枯萎凋谢的牡丹，形影孤单瘦骨清，像站立在空旷里的少年，是所有怀古苦寻走投无路的诗人的写照。

我也曾在若干年前到访过那里，但昔日的汴京府开封已经只剩下几条丑陋的仿古的商品街了。

李亚伟寻访指点的宋朝的路径和迷津，自有殊途，不仅通过阅读那些绝世的诗章与传说，而是生

活奔波于成都、北京、大理和西双版纳这些更接近昔日废墟的场景依稀残存的地方，仍然可以用肉身浸入以喝酒、抽烟、弄茶打发时光的显形与隐身的市井，逐字逐句地重返宋词的现场。在这些体验面前，一切现实的得失成败，都化为泡影。

已经七八年了，亚伟在这份烟熏火燎的现实废墟中写作，并通过写作抵达了一个个千年前生动鲜活的个体。在亚伟的笔墨中，汉语世界最辉煌的一页：苏轼、欧阳修、辛弃疾、李清照、岳飞、柳永、陈克……被一一激活，仿佛谈吐于熟知街坊的邻里，不但关注其间的学问，亦探讨学界不屑的绯闻与八卦。

文化之所以成为神话一正是由这份学术与口水之间的津津乐道变成社会的趣味与共识：坎坷美女李清照与金石学者赵明诚夫妻缘分，在官场与士绅之间快活显隐的苏东坡，政治强人王安石，情场老顽童张先，民间军事爱好者陈克，艰苦御敌的范仲淹，大盗宋江，风流才子秦观、周彦邦等等，“他们分批从天上来到人间，在大宋的土地上播撒语言的种子。诗经、楚辞、汉赋、唐诗的基因被他们重新培育，东方大地上，开出了人世间最绚烂的花朵。”

我在京郊的夏夜的星空月色下连读了好几遍亚伟发来的其中几个章节，这本深入浅出十分好看的宋词解读中，亚伟的叙述和口吻从不隐晦谨慎，而是直抒

胸臆，清晰明了，字里行间充满了闪光的独白。

归根结底，历史是在对前人的阅读和再阅读以及再发挥的过程中被继承的。总有一些密码和气息掩藏在过去的书页与诗章的缝隙中，由一个作者发送给了另一个作者。

亚伟带着我们无限落寞地前往逝去的圣朝，凭吊凋谢的事物，倾听一种被时间湮灭了的亲切语言，与想象之物和过往的记忆对话，古代的风景清澄明亮，像浮于迷津空气中的蜃楼，使阅读者在这限度内获得幸福——这也可以用来描述李亚伟和热爱宋朝的人们自己的生活。

解读者、搅局人和抒情者，自带酒意的行吟诗人，有时是怨愤的人，但基本上是忧伤的人、赞颂生命和净化死亡的人、面对现实的挫败顾影自怜的人。

在我的大理老家书房，挂着另一张宋画的复制品，马远的《华灯待宴图》。暮色交替，树影婆娑，华灯初上，马远画尽微妙与维肖：湿霏霜露，屋宇灯影，瓦上清霜与远去的群山，乍暖还寒，人声喧语。是中国绘画情景交融的颠峰之作！任何一个画者在这件作品前都只能高山仰止，汗颜不已。热爱诗画的南宋宁宗杨皇后在画上点题："朝回中使传宣命，父子同班侍宴荣，酒捧倪觞祈景福，乐闻汉殿

动讙（huān）声，宝瓶梅蕊千枝绽，玉栅华灯万盏明，人道催诗须待雨，片云阁雨果诗成。”

宋代这些诗画的集成，来自全方位的素华之美的文化与生活美学的滋养，当下这块土壤已经在现实中彻底沦陷坍塌。亚伟的《人间宋词》是一股浸入的清流与迎面而来的霏霏细雨，让我们相向而行，回到书中的宋朝，李亚伟在书的前言里说：“大宋再大，只是宋词的一部分。”

——2018.5.28. 于顺义京郊永青村

——张广天

（作家、戏剧家）

亚伟这本书，俨然好学问

亚伟著一本书，叫作《人间宋词》。宋词也是我喜欢的。我觉着诗经、楚辞、汉赋、唐诗都被说得太多了，即被崇敬得太高耸了，往往看不见原貌了。如今，倒是听听有人讲宋词，可以看见文学的真相。

宋词怎样，我就不说了。我说说讲宋词的这个人。

亚伟自闯入诗坛以来，一直被误读为“莽汉”，或者被只读为“莽汉”。他讲宋词历来被作为“艳科”而忽视，但自苏轼、欧阳修、柳永以来，有新的抱负，欲将不可入词者入词，终于在那个时代，解决了文与语的平衡融洽，将鸿鹄志与人间情调和。

所以，我以为，他将豪放派看得最透彻：豪放不是乱来，不是无羁绊，而是审美的自由，才情的纵横。人的文心要多么丰沛才可以驰骋于文的法度中而不被拘禁呢？

宋词的尝试，解决了这个问题，或者亚伟借着这个理解与契合，也解决了当代汉诗的这个难题。

如果把超乎功名的才情看作莽汉的胡乱，就好比把借酒释性的酒狂看作无酒量的醉徒。功名不是靠道德和克制超越的，功名是靠比博取功名更大的本事超越的。

汉唐征伐平天下的英雄血脉，在宋词里，或者更确实地说，在亚伟那里，是成就在审美的国度里。我喜欢他说，大宋再大，也是宋词的一部分。是的，有一种英雄是打打杀杀的，而更有一种英雄，是令打打杀杀的人仰慕的。

亚伟这本书，俨然好学问。好学问有三个要素，不妄言史，不轻言论，不卖弄才华。我看他的书里都有了。

所撷史料，绝非道听途说，凿凿确据；所出论点，前无古人，上述诗词英雄观先不提，又说到那个被说烂的“婉约”派，也颇有新意，所谓“闲愁”，说宋人似乎什么都摆得平，唯这二字无奈，这话实际点透了痛苦与烦恼的存在主义死穴，即痛苦

这样的问题宋人也摆得平，却摆不平烦恼，甚至还是闲着的烦恼，难道这不是人生最为荒芜的繁荣困境么？

书中所选词章，既非口头禅式的人云亦云的烂篇，也非僻诡萧瑟故作姿态的冷门货，而是摆在那里显而易见又视而不见的词骨类压阵之作。美妙的是，他信手拈来，拨鳞翻羽，竟神光乍现，晃得那在置业营生的路上奔命的红男绿女不得不回首一瞥。亚伟将几句旧词译出神韵，不是新韵。我喜欢读，偏是他不刻意，没有那种急吼吼标新立异的慌张相——一个你们呼之为莽汉的人，执卷释然，在大学课堂上，为新生代讲一点往事，如数家珍，一个老实质朴的兄长。还有什么好过质朴呢？因为质朴的对立面就是平庸啊！

——李森
（云南大学教授）

解救李亚伟

我看见，《人间宋词》的作者李亚伟在勾栏瓦肆中喝酒、吃肉、填词，与柳永们争风吃醋，他把一堆堆词藻从陈旧的诗意牢笼中解救出来。接着，让细腰纤手的妹子们弹琴，重新弹出一阕流水无情，又弹出一阕落花有意；弹出连绵山川过孤鸿，又弹出婆娑雨林度云影。他追着在勾栏瓦肆中重生的词藻来到当代，发现天地“换了人间”，成堆的词藻又陷入了种种诗意的牢笼，他又开始解救，解救一个个辛稼轩、苏东坡，解救另一个李亚伟。

——赵楚（时评家）

有趣、有韵、有料

以沛然细腻的人世体验呈现宋词内涵的无穷兴味和诗意，李亚伟以诗人的方式诠释词人，有趣，有韵，有料，提供了独具一格的现代派诗人版《人间宋词》。

这本书在我意料之外

阿来

我们曾经这样嬉戏，曾经有这样的美好

胡赳赳

六神磊磊

亚伟这本书，俨然好学问

张广天

如何把普通生活过得荡气回肠

岳敏君

马条

有趣、有韵、有料

赵楚

解救李亚伟

李森

万晓利

《人间宋词》是一股浸入的清流
与迎面而来的霏霏细雨

叶永青

苏阳

当代最好诗人对宋词的最好解读

叶开

人间宋词，
它是对宋词世界的一次重新发现

谢有顺

陈鸿宇